おんな大工お峰

お江戸普請繁盛記

泉 ゆたか

角川文庫
23592

目次

第一章　虎の極楽

1

安永四（一七七五）年、梅雨の頃。

峰は渡り廊下を大股で進んだ。

「門作、またここだね」

縁側へ着いたところで立ち止まる。

「道具の片付けはどうしたんだい？」

顎を引いて奥歯を嚙み締めて、生まれ持った女の声を低く潰す。

昔から女にしては背丈があると言われてきた。だが節々が細いせいでいくら身体を作っても声が弱いままなのがもどかしい。

門作の小袖の背が、汗で丸く色が変わっているのがわかった。

門作は幼い頃からひどい汗っ掻きだ。連れ立って野山で遊んでいても、門作だけが滝のような汗を掻いて「暑い、暑うございます」と情けない声を出していた。

「あっ、姉上。いつの間に――」

門作が振り返った。本をぱたんと閉じて、脇に置く。

「まったく今日は、蒸し暑い日でございますね。こう曇り空続きでは、身体がずんと重く感じられます」

門作は軒先から身を乗り出して、灰色の空を眺めた。

じきに日が暮れる。森のねぐらへ帰る雀の黒い影が空を飛び交う。

門作は雀に呼びかけるように、舌をちゅんと鳴らした。

峰の険しい顔つきに、気付いているのかいないのか。

叱られる場面になると門作は昔からこうだ。急に何も聞こえていないような顔をしてすっとぼける。

「もう一度、言ったほうがよさそうだね。顔じゃなくて、耳を片っぽこっちに向けてごらん」

峰は両腕を前で組んだ。

「いえ、結構です。聞こえておりました。わたくしは、姉上のご忠言をすっかり忘れておりました。まったく頼りない弟で、申し訳ございません」

門作は慌てた様子で両掌（りょうてのひら）を前で振る。

肩を縮めて小さくなって、ぺこりと頭を下げる。襟足が真っ赤に日焼けしていた。門作の白い肌は、どれほど日に焼けても朽葉色にはならない。ただ真っ赤に腫れて痛々しい水ぶくれができて、蛇の脱皮のように焼けた皮がすっかり剝けてしまう。

頭を上げてすぐに、門作は首元をぽりぽりと掻いた。途轍もない汗っ掻きの暑がりで、陽の光に肌がめっぽう弱い。つくづく職人には向いていない身体だ。

峰は唇を引き締めた。

峰と門作の生まれた柏木家は、江戸城の小普請方を務める百俵十五人扶持の御家人だ。

小普請方とは、江戸城をはじめとして、徳川家菩提寺である上野の寛永寺、芝の増上寺、日光および久能山の東照宮など、幕府に関わりのある建物の修繕を行う役職だ。

「〝頼りない〟なんて、己の口で言ってりゃあ世話はないね。いいかい、門作。あんたはこの柏木家の――」

「おやめください。その話はもう幾度もお聞きしました」

門作が脇に置いた本を抱え直す。

案外強い口調に、峰は、ぐっと黙った。

この強情張りが。

胸の内で苦々しく呟く。大きく息を吸って鼻から吐いた。

幼い頃、門作のこんなまっすぐなところは可愛らしかった。身体は少々弱くとも、賢く気立ての良い自慢の弟だった。

峰と門作とは三つ齢が離れている。

女子の三歳といえば、ちょうど姉さま気取りで遊びの子分が欲しい年頃だ。

門作が生まれたその日から、峰はそれはそれは大事に世話を焼いた。

「あね上、あね上。待って、待って」

幼い門作は母を呼ぶよりも、峰を呼ぶほうが早かった。

峰と門作の母は生来虚弱な身体で、二年前に亡くなる日まで奥の部屋で臥せっていることが多い人だった。

門作はどうにかこうにか歩けるようになると、峰の着物の袖を摑み、いつまででも引っ付いてくる。

二人はどこへ行くのも一緒だった。門作のひ弱な白肌をからから腕白坊主がいれば、峰が相手になって取っ組み合いの喧嘩をした。

そんな可愛らしい子分も、大きくなるにつれて姉とは違ったところが見えてくる。

峰は父である柏木伊兵衛の大工仕事が好きで堪らなく、いくら追いやられても作事の場にくっついていった。

道具の手入れをする父の手先を、いつまでも飽きずに眺めた。七つになる頃には見よう見まねで庭に犬小屋を作って、得意になっていた。

一方、門作のほうは、三度の飯より本が好きな気質だった。

ようやく字を覚えたくらいの時分から、女中が部屋に放り出しておいた草双紙を拝借して、平気な顔で読んでいた。

五歳になる頃には、難しい漢詩の本を読み漁り出した。

その頃には峰は、男のなりをして若い衆を真似、父に従いて大工仕事を手伝い始めた。

市中では女が男の装いをするなんて、とんでもなく卑しいものとされるご時世だ。母に見つかったら女子としての心得を説き聞かせられるに違いなかった。だが、父は峰の熱意を黙って見守った。――つまりが、惜しみなく力を添えてくれていたということだ。

「姉上は、いつも恰好良いですねえ。まるで、鳶の若い衆のようであります」

縁側で本を抱えた青っ白い門作は、仕事戻りの峰の姿に屈託ない笑顔を向けた。

峰は、万が一にも母の目に触れてはいけないと大慌てだ。

「門作、もっと声を低く落としておくれよ」

顔を手拭いで覆い、周囲をきょろきょろと見回す峰に、門作は「はいっ、姉上！」と朗らかに答えた。

しかし一年前、父が急死してから事態はすっかり変わった。

これまでのように父の背に隠れて峰が江戸城へ潜り込んだりなぞ、決してできなくなった。

門作は柏木家の一人息子だ。跡取りとしての使命があった。

とは言っても、これまで一切まともに大工修業をしてこなかった身だ。叔父の柏木文十郎が、慌てて一から仕事を叩き込む羽目になった。

「兄上は侍というよりも、職人でありすぎたお方であったな。見込みのない者には、最初から一切、頓着せぬ。作事に熱中すれば、お家のことなど二の次、三の次だ」

文十郎は、常に苦い顔だ。

いくら文十郎が懇切丁寧に教えてやっても、門作本人の気持ちがまったく入らないのだから、良い仕事なぞできるはずがない。

「ああ、お峰さま、こちらでしたか。お探しいたしましたよ」

女中が縁側へ顔を出した。

「文十郎さまが、お呼びでございます」

「すぐに参ります」

叔父はきっといつものように、今日の門作のやる気のない仕事ぶりに対する文句を並べ立てるに違いない。

決して嬉しい話ではなかった。だが、叔父は叔父なりに柏木家の行く末を真剣に案じている。

門作の心が決まらなくては、この家はどうにも立ち行かなくなる。重々わかっていた。

叔父と愚痴を交わし合えば、多少なりとも己の不安な気を紛らわせることができるだろう。

「門作、いつまでもふらついちゃ、いられないんだよ」

峰は去り際に門作を横目で睨んだ。

「はい、そのとおりでございますね。姉上のお言葉は、よくわかります」

門作は、へへっ、と肩を竦めて笑った。

笑いながら、あろうことか、峰が良いと言ってもいないのに、漢詩の本をぱらぱらとめくりだす。

「まだ話は終わっちゃいないよ。ここでしばらく待っておいで」

峰は厳しい声を放った。

門作の横顔の瞳は既に遠い異国の漢詩の世界を彷徨い、きらきらと輝いていた。

2

「おお、お峰。待ちわびておったぞ。さあさあ、こちらへ来い」

文十郎は湯呑を傍らに置いた。

「叔父上、お久しぶり……ではございませんね。門作の件では、いつもご迷惑をおかけしております」

峰は先ほど門作に説教をしていたときよりも、少々高い声を出した。

深々と頭を下げる。

この屋敷の中では、気さくな職人言葉を使う相手はじゅうぶんに選ばなくてはいけない。

父を失って作事の場へ出ることが敵わなくなってからも、心は、いつだって仕事で汗を流すときの胸の高鳴りを求めている。

荒っぽい職人言葉を口から放つと、自ずと気分が軽くなった。

しかし、己自身がどう思っていようとも、峰は十八の娘だ。

女らしい言葉を使うと、妙に喉元が滑らかになり身体が緩む。

この身に背負っていたはずの大切な物事の数々が、急にぼやけて見える。

忌々しい、と峰はひとり胸の中で呟く。

気を取り直すように背筋をしゃんと伸ばした。

「ほんの少し見ないうちに、また顔つきが凛々しくなったな。ここのところ、女歌舞伎の錦絵を見るたびに、お峰を思い出す」

文十郎は扇子で忙しなく顔を扇いだ。鼻の下に溜まった玉の汗を親指の腹でぴん、と弾く。所作の端々に、生まれも育ちもお江戸の下町の大工職人の片鱗が窺える。

柏木家は父親の伊兵衛の代まで、一介の町大工に過ぎなかった。

お家の存続と言っても、まだやっと一代目が過ぎたところでしかない。

だが、だからこそ、残された者は伊兵衛の得た誉れを、たった一代きりで潰えさせるわけにはいかないという思いが募った。

「今日の門作は、どんな様子でございましたか？」

峰はさらに少し高い声を出した。

「まあそれは、いつもと変わらぬ調子だ。ところで、お峰、お前はいくつになる？」

「十八でございます。門作ったら、仕事が終わった途端に道具を放っぽり出して、縁側で本など読んで。見つけてすぐに、厳しく叱ってはおきましたが、どのくらい応えていることやら……」

門作の顔を思い浮かべると、少々眉間に皺が寄る。

「そうか、お峰はもう十八か。いつの間にやら、ずいぶん齢を重ねたものだな。牛蒡のように日に焼けて、子猿のように駆け回っていた姿は遠い昔だ」

文十郎が大仰に嘆息した。

「私の齢に何かございましょうか？」

峰はようやく話が嚙み合っていないと気付いた。

文十郎は峰の顔をしげしげと眺めた。

峰の目鼻立ちを丹念に検分してから、

「化粧をすれば色づく顔だ。男の横に並ぶときは膝を折ればよい。整った顔立ちに産んでくださった母上に、存分に感謝をしなくてはな」

と、満足そうに言った。

「嫁入りの話でございますか！」

峰は身をびくりと強張らせた。

裏切られた、と思った。

「私は、嫁入りには露ほども関心はございません。柏木家の危機である今このときに、門作を側で支え、生涯、独り身でお家を守ると決めております」

「門作の行く末については、憂慮はいらぬ。私たちの役目だ。お峰の力添えは必要ない」

文十郎はきっぱりと言い切った。蚊を払うように掌を左右に振った。

口元には、馬鹿なことを、と言いたげな苦笑いが浮かぶ。

峰ははっと息を吞んだ。

「お峰のその世話焼きの性分は、場を間違えれば悪くも進む」

文十郎が決まり悪そうに汗を拭った。

「門作が大工仕事に打ち込むことができぬのは、私のせいでございますか！」

「まあまあ、そこまでどぎついことは言っておらぬ。若い娘が、あまりかっかするでないぞ。せっかくの別嬪が台無しだ」

文十郎が峰の背をぽんぽん、と可笑し気に叩いた。

思わず振り払いそうになって、峰は大きく息を吐く。

「この縁談は、お峰にとって悪い話ではないぞ。私は幼い頃からのお前の気立てを、多少なりとも知っておる。無闇矢鱈に独り身の男を探してきて、お前に押し付けようなんてわけではない」

「叔父上、おやめください。もうお話は終わりにいたしましょう」

峰の説教を撥ね除けた門作の、険しい顔を思い出す。

胸に嫌な気が広がった。

「お峰、お前の嫁入り先は甲良の家の次男坊だ」

「甲良……でございますか？　もしかして、作事方棟梁の……」

作事方とは、小普請方と同じく建設を請け負う役職だ。

小普請方は修繕、営繕と呼ばれる修復作業を中心とするのに対して、作事方の役目は建物の根幹部を〝新しく建てる〟仕事だ。

父の伊兵衛の例にもあるとおり、小普請方は、明暦の大火後の節約の気風の中で、勢力を広げてきた役職だ。家柄などまったく問われず、ただ腕の良さと仕事の早さを買われて、町大工上がりの者が次々と登用された。

一方の作事方は、戦国の世から続く伝統を背負った家柄だ。

金に糸目を付けずに華美の限りを尽くした安土桃山(あづちももやま)の時代を背負った棟梁たちは、気位が高くて鼻持ちならない。

その上、小普請方の腕を〝小細工仕事〟と馬鹿にする。

甲良といえばその作事方の筆頭だ。

「なんだ、知っておるなら話が早い。どうだ、甲良の家ならお前も文句はなかろう。小普請方と作事方、これが男女が逆というわけにはいかぬがな」

文十郎が扇子をわざわざ閉じてから、また勢いよく開いた。

峰と文十郎、同じ柏木の家の行く末を憂えている身でも、その心には幾分違いがあるようだ。

「なぜ、叔父上はそう思われましたか？　わざわざ似た仕事の棟梁の家に嫁ぐなら、私が納得するだろうと」

峰は怪訝(けげん)な心持ちで訊(き)いた。

「兄上が亡くなってから、私はお前のただひとりの親代わりだ。親の役目として、お前の姿には常にしっかり気を配っておったぞ」

文十郎が胸を張った。

「……いったい何をご覧になったのでしょうか？」

「お前の目だ。お前はいつも熱い目で作事の場へ向かう若い衆を見つめて、ぼんやりと過ごしておった。鍛えた身体に、磨いた腕の備わった色男。お前も年頃の娘だ。見惚れる気持ちは、よくわかるぞ」

文十郎は、ははは、と愉快そうに笑った。

「何をおっしゃいます！」

頬がかっと熱くなって、目の前が歪んだ。

父と働いた作事の場の日々。

ねじり鉢巻きをきりりと締めると、身体の筋が一斉に張り詰めた。

存分に身体を動かして、手指だけで新しい光景を作り出す喜びが心に蘇る。

大工仕事に熱中していると、齢も性も生まれも行く末も、何もかもを遠くに忘れ去った。

そんな私の想いが、男を求める浮ついた娘の姿に見間違えられていたなんて。

「お、おい、お峰。待ちなさい」

文十郎の慌てた声を背に聞きながら、峰は渡り廊下へ飛び出した。

悔しくて、恥ずかしくて、目頭に涙が浮かぶ。
奥歯を噛み締めて堪（こら）える。
胸の奥に波が立つ。息が乱れるような波が立つ。
どうにかこうにか、力を込めて歩を進めた。
どすんどすん、と、わざと乱暴な足音を立てた。
「門作、どこだい？」
庭に面した縁側には、門作の姿は、もうなかった。
隅に小石の置かれた文が一枚、置いてある。
〝姉上へ〟
門作の均整のとれた字は、この場では気に障るほど美しい。
峰は文を開いた。
と、直後に紙をぐしゃりと握りつぶす。
「あいつ、ただじゃおかないよ！」
低い声で唸（うな）った。
紙に描かれていたのは、あかんべをする大きな顔だ。
顔は、門作自身のつもりなのだろうか。

お月さまのように真ん丸で、目が大きく頬がぷくぷくと盛り上がる、これはまるで赤ん坊の顔だ。

小脇に本を抱え、尻に帆を掛けて逃げ出す門作の涼しい顔が目に浮かぶ。

「あね上、あね上」と、甘えてくる幼い笑顔を思い出す。

どうして真剣に己の仕事に打ち込まないのだ。お前はこれほど恵まれているのに。

額に掌を当てた。

脈の音が速く聞こえる。

「門作、駄目だ。あんたはこのままじゃ、駄目になっちまうよ」

峰は下唇を嚙み締めた。

3

日比谷の組屋敷を出ると、雨垂れが一粒、ぽつんと鼻先に落ちた。

空を仰ぐ。

今日も一面、鼠色の曇り空だ。

峰は空を睨んで、ずしりと重い風呂敷包みを担ぎ直した。

風呂敷包みの中身は、父に貰った大工道具。あとは、ほんの数枚の着替えだけだ。

櫛(くし)もなければ紅もない。

ざっと降り出すかと思った。だが、雨垂れはほんの一粒だけで持ちこたえたようだ。

そのせいで、かえって湿気の帯がむっと空から押し寄せる。

自分の汗なのか大気の湿気なのかわからない水気が、首元をしっとりと濡(ぬ)らす。節々が重苦しい。

蒸し暑いとは、まさにこのことだ。

きっと今頃は、門作は泣きべそ顔で滝の汗を拭っているに違いない。喉元(のどもと)で小さく頷(うなず)く。

足早に一歩を踏み出した。

江戸城の御濠(おほり)を横目に進むと、ところどころに蚊柱が立っていた。藻が漂う水の臭いが淀(よど)んでいる。

目当ての神田(かんだ)に近づいた頃には、決して辛(つら)い道のりでもないのに妙に息が上がっていた。

記憶を頼りに、裏路地をいくつか覗(のぞ)く。

ここは神田の職人町、横大工町(よこだいくちょう)だ。界隈(かいわい)には独り身の者が多い。長屋の雨戸を閉めっぱなしで出かけた無精者が多く、路地も少々薄暗い。

「お峰ちゃん、お峰ちゃん、お峰ちゃんは、いるかいな」

子供の歌声に顔を向けた。

通りの隅で、小さな女の子が小枝で地面に絵を描いていた。

しゃがみ込んで、池の底を覗き込むような前のめりの姿だ。

手にした色鮮やかな引き札の絵を写しているのだろう。幾度も引き札と地面とを見比べて、ふんふんと頷いている。

「お峰ちゃんは、いるかいな。いたなら、お花によっといで」

女の子は身体を左右に揺らして、楽し気に歌う。

ふと、峰の目に気付いたのだろう。歌うのをやめて顔を上げた。

峰の顔の真ん中を見据える。口はしっかり結ばれている。

齢に似合わず身体の芯の据わった子だ、と思った。

「あんたがお峰ちゃん？」

まっすぐに訊かれて、峰は面喰らった。

職人言葉と武家言葉。どちらの言葉を使うか、ほんの一息の間だけ迷った。

「ああ、そうだよ。私の名は峰さ。ただ、あんたが探している〝お峰ちゃん〟その人かどうかは知らないけれどね」

峰を〝お峰ちゃん〟なんて親しそうに呼ぶ人は、そうそういない。

女の子は、しばらく不思議そうな顔で峰を見つめていた。

「……お綾って人を知ってる？　お花のお母ちゃんよ」

「もちろんだよ！　なんだ！　あんたがお綾ちゃんの娘っ子かい？」

懐かしい名前に、峰は間髪を容れずに声を上げた。

女の子をひょいと抱いて、顔を覗き込んだ。

「お花ちゃんっていうのかい？　可愛いねえ。いくつになるんだい？」

花は考え深げな顔でまずは指を二つ立ててから、ゆっくりと三本目の指を広げた。

眉の濃いしっかり者らしい面持ちに、幼い頃の綾の面影が重なった。

「わあ、お峰ちゃん、懐かしいわねえ！」

「あっ、お母ちゃん」

花の目の先を振り返ると、井桁絣の小袖姿の女が峰に飛びつかんばかりに駆けてきた。

優しい垂れ目なのに、口は頼もし気に結ばれている。頬は桃色で、子を持つ母とは思えない若々しく整った顔立ちだ。

だが、ほんの少し前までは、もっともっと丸っこい顔をしていたのだろう。人懐こい笑みを浮かべる目元が、黒っぽく落ち窪んでいるのが目立った。

「本当に、お綾ちゃんなのかい？　ずいぶん大人になって、すぐには見分けがつかなかったよ」

「失礼ねえ。私は、すぐにお峰ちゃんだってわかったわよ。お峰ちゃん、昔からぜんぜん変わらないわ」

得意そうに鼻先を上に向ける仕草に、ああ間違いなく綾だ、と懐かしさに胸が熱くなる。

「お綾ちゃんもお芳さんも、みんな達者にしているかい？　与吉さんから時々、話だけは聞いていたんだけれど……」

与吉は、ここ横大工町で采配屋の仕事をしている。

采配屋とは、普請仕事全般の請負から、相手との金銭の駆け引き、材料の仕入れから人足の手配までを一手に請け負う仕事だ。

柏木の家とは小普請方に登用される以前からの長い付き合いがあった。与吉は常に組屋敷に出入りしていた。

そんな縁で与吉の妻の芳が、病弱な母の代わりに峰と門作の乳母となった。

芳には峰より二つ年上の幼子、綾がいた。門作が乳離れをするまでの間、柏木の組屋敷で一緒に暮らした家族同然の仲だ。

お互い少し大きくなってからも、なんだかんだと口実をつけては顔を合わせていたが、それもいつの間にか、絶えてしまった。

十四で近所の煮売り屋で働き始めた綾は、客の鋳物師の男のところへ嫁いだ。女の子を儲（もう）けたものの、一年ほど前に、夫を亡くした。

今は娘を連れて与吉の家に戻って暮らしている。と、そこまでは聞いていた。

「おっかさんは相変わらず、私が敵（かな）わないくらい丈夫な人よ。今朝は明け方前から、お峰ちゃんのためにって、何やらいろいろ作ってるみたい。家にいても通りの気配ばかり気になっちまって何も手につかないっていうから、それじゃあ、お花を道まで迎えに出そうよ、ってね。あら、お花、それは何？」

綾は花の握った引き札を覗き込んだ。

「まあ、人形町（にんぎょうちょう）の料亭だって？　ずいぶん遠くから、引き札を撒（ま）きに来たものねえ」

言いながら、綾がぷっと噴き出した。

「お峰ちゃん、ご覧よ。お花がしっかり握り締めているだけあるわ。この子、喰（く）いしん坊なのよ」

綾が示した引き札には、《ごくらくや》の名が大きく書いてある。

新しく開業する店の名なのだろう。真ん中に大きく描かれている絵は店の外観だ。

「こりゃ、とんでもなく派手な店だね！」

峰は目を剝いた。

遠い昔と同じように、綾と顔を見合わせ肩を揺らして笑う。

店の屋根には、まるで祭りの山車のように色鮮やかな大きな張子が突き出している。

寿司と天麩羅、茶碗と箸、徳利とお猪口に銚釐。周囲に大判小判がざくざく飛び交い、桜の花弁に雪牡丹。

たった一つの店の屋根にこれでもかというくらい、華やかな飾りがごちゃごちゃと載っている。

地面に目を落とすと、花の描いた、いびつな寿司と天麩羅の形が、見て取れた。

「さあさあ、早く家に帰りましょう。おっかさんがお待ちかねよ」

綾は峰の背を両掌でぽん、と勢いよく叩いた。

4

与吉の家は、横大工町の路地の入口。周囲に比べてどこか小ざっぱり整った長屋の一角にあった。

「それじゃあ、お嬢さんは、門坊が一人前の普請大工になるまでは、屋敷には戻らない、ってことかい？」

香ばしい砂糖醤油(じょうゆ)の匂いを放つ団子の山を前に、芳が身を乗り出した。

芳は五十を越えているが、まだ背筋はしゃんと伸びている。溌溂(はつらつ)とした見た目は、峰が芳と最後に会った十年ほど前とほとんど変わらない。よくよく見れば髪に白いものが交じり、目尻(めじり)の皺(しわ)が深くなったくらいだ。

「私が屋敷に戻ることはないですよ。私はおとっつぁんの若い頃みたく、町で職人として生きるって決めたんです」

峰は口を結んだ。

「そんなこと言ったってねえ……」

芳が頰に掌を当てて言いかけたのを、与吉が目で制した。

「腕さえありゃ、このお江戸で仕事に困るこたあないだろう。やりたいようにやってみるのがいいさ」

与吉は長い煙管を、卓袱台の上でこつんと鳴らした。

「お峰ちゃんは、お嫁に行くのが不安なのよね。嫁入りを前にして、急に己の道を全力で進みたくなるって気持ち、わからないでもないわ。ほら、お花、ゆっくり食べないと喉に詰まるわよ」

綾が暖気な声で団子を一串、手に取った。

串から外して小さく千切り、花の口に放り込む。

花は「おいしい」と声を上げて喜ぶわけでもなく、兎のように口をもぐもぐさせて懸命に咀嚼している。芳の作った団子はよほど美味いのだろう。

「でも、お峰ちゃんより少しだけ姉さんの私からすればね、嫁入りってのは思っているよりも悪いもんじゃないわよ」

綾は大口を開けて、今度は己が団子を頬張った。

「お綾、やめな。お嬢さんの胸の内は、お嬢さんにしかわからねえさ。みんながお前と同じ心で生きているわけじゃねえんだ」

不満げな顔で口を開きかけた峰に気づいたように、与吉が窘めた。

「ところでお嬢さん、住むところは、もう決まったのかい？」

芳が場を取りなすように言った。

小皿に団子を二串取って、峰の前に置く。

「それを、与吉さんに頼もうと思ってきたんです。与吉さん、このあたりで独り身の長屋に空きのあてがありますか？」

峰は与吉に向き直った。

江戸には、そこで生まれ育った江戸っ子だけではなく、全国各地から旅稼ぎの大工職人がやってくる。

「ちょうど、気仙（けせん）大工が上方（かみがた）へ向かった時季だからなあ。空房は、あるにゃあ、あるさ。だが、あんなむさ苦しいところに、お嬢さんをひとりで暮らさせるわけにゃあ……」

陸前高田（りくぜんたかた）から旅稼ぎにやってくる気仙大工は、江戸はもちろん遠く上方までも出向いて腕を振るう。

江戸が梅雨空に覆われるこの時季は、出職人の大工はまともに仕事のできない日が多い。

自（おの）ずと、今が旅稼ぎの職人たちが渡鳥のように西へ向かう頃だ。

「私はどんなところでも平気です。その覚悟で出てきたんですから」

そのとき、表の戸を乱暴に叩く音がした。

「お綾はいるかい？」

がなり立てるような調子の、嗄(しわが)れた老婆の声だ。

綾がはっとした顔で、素早く立ち上がった。

「お花、ばあちゃんの膝(ひざ)へおいで」

芳が手招きした。

与吉は黙って眼を伏せて、口元に力を込めて煙管を喫った。戸口に背を向ける。

「はいはい、おりますよ。今すぐ」

綾が己の頬を両手で軽くぴしゃりと叩いた。

付け元気と一目でわかる強張(こわば)った笑みを浮かべる。

「お峰ちゃん、ちょっと待っといてね。お客さんだわ」

綾が戸を開けたそのときに、「遅いよ！　いつまで待たせるんだい」という鋭い声が聞こえた。

「お義母(かあ)さん、今日は何の御用ですか？」

綾が幼子を宥(なだ)めるような口調で、ゆっくりと問いかける。

「善次郎(ぜんじろう)の根付を知らないかい？　あの子の父親の形見の、黒檀(こくたん)の船来ものさ。大事なものなのにいくら探しても見つからないんだ。あんたが、くすねて持って行っちまったんじゃないだろうね？」

　髪の乱れた老婆が、戸口からにゅっと首を覗かせた。

「あら、おツルさん、いらっしゃい」

　わざと明るく声を掛ける芳に目もくれず、家の中を鋭い目で見回す。

　花はこんな光景に慣れっこのようで、皆が固まっているうちにもう一本団子に手を伸ばす。

「いいえ、知りません。黒檀の根付なんて、見たこともありません」

　綾が済まなそうに答えた。

「何だって？　私が嘘をついているってのかい？」

　ツルと呼ばれた老婆は急に声を荒らげた。

「善次郎をいじめ殺した盗人が、私に楯突くんじゃないよ！　あんたなんかと夫婦にならなきゃ、善次郎は死なずに済んだんだ！」

　ツルは握りしめた拳を見せつける。

「婆さま、いくら何でも言葉がひどすぎませんか。小さい子供の前で、言っていいことと悪いことがありますよ」

思わず峰は口を挟んだ。

綾が息を呑む。峰に向かって小さく首を振った。

「あんたは誰だい？」

ツルが血走った目を向けた。

峰は胸の中であっと呟いた。

ツルの紺色の瞳は正気を失った人のものだ。

「この子は、遠縁の娘ですよ。今日久々に会ったばかりで、善次郎さんのことも何も知らないものですからね、どうぞ許してやってくださいな」

芳が朗らかな声で立ち上がった。

「黒檀の根付ですか。ご亭主は、ずいぶんと良いものをお持ちでしたねえ」

土間へ下りて、ツルの背を抱くようにして外へ出る。

「……お峰ちゃん、ありがとうね。お義母さん、善さんが亡くなってからずっとこうなのよ」

「その善さんって人が、お綾ちゃんの亭主だったんだね。急な話だったのかい？」

綾は頷いた。

「そう、善次郎さんね。前の夜までいつもとちっとも変わらない様子だったのに、朝起きたらね……」

　綾が肩を落とした。

「でも、お綾ちゃんのせいじゃないんだろう？」

　詳しい事情はわからなくとも、目の前の綾が亭主を〝いじめ殺した〟なんてことは考えられない。

「いいのよ。私、お義母さんの気持ち、わからないでもないわ」

　綾は、先ほど峰にうそぶいたのと同じ口ぶりで小さく笑った。

5

　峰は仄白(ほのじろ)くなりかけた部屋で目を開けた。

　眠りから覚めながら、何の音だろう、と耳をそばだてた。

　一定の拍子を刻む、低い地響き――。

　これは鼾(いびき)の音だ、と気付いたらふっと笑みが零(こぼ)れた。

　一間の部屋に、与吉と芳、綾と花、それに峰の五人で並んで寝ていた。

　半身を起こすと、猪のような高鼾(たかいびき)の主は綾と花だ。

　部屋に人がひとり増えたことで、蒸し暑さは相当増したに違いない。

花は、掻巻きを放り出して大の字になって、綾はその横で浴衣の前を大きくはだけて寝入っていた。

峰は皆を起こさないように、そっと起き出した。

部屋の隅に置いていた自分の荷物から、道具袋を抜く。

戸を少しだけ開けて、身体を滑りこませるように外に出た。

今日も外は曇り空だ。朝が近づくにつれて、より一層空の雲の灰色が見て取れる。

夜中に雨がざっと降ったので、地面はぬかるんでいた。

「よいしょっと」

峰は路地の隅にしゃがみこんだ。

長屋の軒のおかげで地面が乾いている、ほんのわずかな場所を見つけて襤褸布を敷く。

道具袋から鑿、錐、鉋、墨壺、曲尺を取り出して、布の上に並べた。

どれも古びた道具だ。木目には幾筋もひびが入り、白い粉を吹いている。

峰はひとつひとつを手に取って、乾いた手拭いで丹念に拭く。

乾ききった紙のように清潔な手拭いで、力を入れて心を込め、硬い泥の汚れが消え去るまで擦る。

研ぎ石で刃を磨くときは自ずと気が引き締まる。

切れ味を試すときは親指の爪に刃を当てて、力を抜いてゆっくりと滑らせる。

良く仕上がった刃物ならば、手ごたえひとつなくもちろん爪がでこぼこに削り取られることもない。

息を詰めて集中しているはずだ。なのに、気付くと唇を窄めて、自分にだけ聞こえる口笛を吹いていた。

「お嬢さん、どうしてもお江戸で独り立ちするんだ、っていうんなら、何よりまずは自分の仕事が第一だよ。いくらお嬢さんが腕に覚えがあるっていったって、お城の小普請と、民家の修繕とじゃあ、何から何までわけが違うさ。お嬢さんは、まだこのお江戸の事情を、何も知っちゃいねえだろう？」

昨夜の与吉の言葉が蘇った。

「そりゃ、確かに与吉さんの言うとおりです。でも私は……」

与吉は、まあまあと掌を向けた。

「若者が気持ちひとつで家を飛び出すってのは、決して悪いもんじゃねえさ。でもな、飛び出した先で大事なのは、まずは安心だ。あっちへふらふらこっちへふらふらって、渡り鳥みたいな真似をしちゃいけねえ。ひとつところに腰を落ち着けて、安心して自分の仕事に打ち込んでりゃ、先の流れは自ずと見えてくるもんさ」

「そうだよ、この人が言うとおりさ」

与吉の傍らで、芳が幾度も大きく頷いた。

身体を揺らしながら、何とも優しい目で峰を見る。

「お峰ちゃんは、どこからどう見ても、身持ちが堅そうなしっかりしたお嬢さんでしょ。お江戸じゃ、そんな娘が、悪い奴に一番目を付けられやすいんだから。ひとたび男にのぼせ上がったら、普請仕事なんてすっかり忘れて、あっという間に苦界に沈められちまうわよ」

綾が両手の指を鉤爪のように曲げて、わざとらしく声を潜めた。

「私は、何があっても己の仕事を忘れやしないよ。男なんて糞喰らえさ」

峰は唇を尖らせた。

と、同時に、顔つきに反して身体はほっと緩んだ。

ここでは皆が、自分の仕事を持ちそれを深め、人の役に立つ喜びを知っていた。

女のくせに仕事に熱中してみっともないと笑う者もいなければ、そんなことより嫁入りを、と窘められることもない。

組屋敷の中で過ごしていては考えられなかった光景だった。

与吉を訪ねたのは、部屋探しを手伝って欲しいと頼みたかったからだ。それに加えて、久しぶりに芳と綾の顔を見たかったこともある。

このまま厄介になろうなんて気は毛頭なかった。

そのつもりだったのに、気付いたら皆と枕を並べて、花に綾が幼い頃の昔話を聞かせてやっていた。

ふと、目の端に色鮮やかなものがちらっと通り過ぎた。

峰は怪訝(けげん)な気持ちで顔を上げた。

客人にはずいぶん朝早い刻(とき)だ。長屋のお内儀(かみ)が井戸へやってくるまでにも、まだしばらく間がある。

裏路地には人の姿はどこにもない。

目の奥に、赤地に金刺繍(ししゅう)の着物の残影が浮かぶ。まるで吉原(よしわら)の花魁(おいらん)のような姿だ。

花魁の姿なんて一度も見たことはない。だが、「苦界に沈められちまうわよ」と、怖い声を出した綾を思い出す。

「まさか、朝っぱらからそんなはずはないさ。見間違いだよ」

峰は口の中で呟(つぶや)いた。

苦笑いを浮かべて、再び道具に目を戻す。

「すんません、朝、早くに」

囁(ささや)き声に、はっと顔を上げた。

路地の入口で、四十くらいの恰幅(かっぷく)の良い男が顔だけ出して、こちらを覗(のぞ)いていた。大きな顔に、垂れた目尻(めじり)。大黒(だいこく)さまのように人の好さそうな風貌(ふうぼう)だ。

峰と目が合うと、にこっと笑って頭を下げた。

「与吉さんって方おられます？　采配屋(さいはいや)やられてる……」

訛(なま)りのある柔らかい語り口だ。

男は額に滴り落ちる汗を、ちょいちょいと手拭いで拭(ぬぐ)った。

「与吉さんなら、この家ですよ。でもいくらなんでも、お客には早すぎやしませんか。まだ皆寝ているから、昼過ぎにまた出直してくださいな。急ぎの用事があるなら、それまでに私が伝えておきます」

囁き声でも、静まり返った路地には結構響く。

「おおきにね、お嬢さん。ただ、えらい急ぎのお願いでしてね。もしお邪魔でなければ、陽が昇るまで、こちらで待たせてもらうってのはどないですか？」

男が物陰からひょいと姿を現した。

「わっ」

峰は目を瞠(みは)って低い声を上げた。

赤地に金刺繍の目も眩(くら)むような派手な小袖(こそで)。さらに着物の真ん前には、大きな虎の柄が描かれていた。

母虎と二頭の子虎が、身を寄せてじゃれ回る絵柄だ。母虎の顔つきは険しいが、真っ赤な舌を出して子の頬を舐(な)める様子は、愛らしくもある。

しかし、その絵を着物の柄にして、己の身に纏(まと)いたい気持ちは、さっぱりわからない。

「わしは、人形町《ごくらくや》の杢兵衛(もくべえ)と申します」

杢兵衛が深々と頭を下げた。

《ごくらくや》という名を聞いて、思い出す。

花の握った引き札の絵だ。真新しい料亭の屋根に、禍々(まがまが)しいまでに煌(きら)びやかな張子が、これでもかと載っていた。

「《ごくらくや》の旦那(だんな)さんでしたか。どうりで……」

峰が思わず杢兵衛の着物を見直すと、杢兵衛は、

「この着物、どうです？　可愛いでしょ」

と、得意そうに胸を張った。

6

「炊事場の竈に火が点かないって？　そんなんじゃあ、あんたの商売上がったりだ！」

朝飯の支度をする芳を背に、与吉が声を上げた。

外はすっきりしない天気ではあるが、一応、陽は上がった。

綾は花を厠へ連れ出して、帰りに井戸端語りでもしているのだろう。外から子供たちの、きゃっきゃという歓声が聞こえている。

「与吉さん、どうぞお静かに。お江戸の方々は、縁起を大事にされると伺っております」

杢兵衛は慌てた様子で腰を浮かせた。

口を押さえて、狭い長屋をぐるりと見回す。

「ああ、悪かったよ」

与吉は気まずい顔で肩を竦めた。

芳が味噌汁に入れる青菜を切る音が、とんとん、と響く。

青菜を切り終えたら、竈に火を入れる手順だ。

自(おの)ずと皆の目が、芳の手元に注がれた。

火打石と火打金を打ち鳴らして火花を散らす。火花を器用に綿で作った火口(ほくち)に移すと、しばらく燻(くすぶ)ってからわっと橙色(だいだいいろ)の火が上がる。

「そう、火花はどうにか出るんですが、小さすぎて火口にうまく移りませんのや」

「何も難しいことはしてませんけれどねえ。上方とはやり方が違いますか？」

芳が手の中の火打石をまじまじと眺めて、首を傾げた。

「いいえ。あっちもこっちも何も変わりません。《ごくらくや》を開業してから二十年、お芳さんがしているのと同じやり方で、ずっと火は点いてきました」

「二十年だって？　《ごくらくや》ってのは、そんなにひとつところで長く続けている商売なのかい？　俺ゃてっきり、今しばらくだけの旅回りの見世物小屋みたいなもんかと……」

「ちょっと、お前さん」

芳が与吉を睨(にら)んだ。

「こちらの皆さんは、よくそうおっしゃいます。でも、無理ないと思います。《ごくらくや》のように豪華絢爛(けんらん)な店を目にするのは初めて、ってだけなんとちゃいます？」

李兵衛はむしろ芳を宥(なだ)めるように言った。

「ああ、豪華絢爛、か。そうだね。俺みたいな年寄りにゃあ、なんだか眩(まぶ)しくて仕方ねえ。……いや、もちろん、楽しくて良い店だと思いますぜ」

今度は芳に睨まれる前に、慌てて取り繕った。

李兵衛はしたり顔で頷(うなず)いた。

「そう、《ごくらくや》は楽しい店なんです。そらもちろん、楽しいのはお店の外面だけじゃないんですよ。若いのからお年寄りまで、いわゆる豪華絢爛な店の中で、上方のお料理を味わいながら、芸人の喋(しゃべ)りや祭囃子(まつりばやし)に頬を緩ませる。そしたら帰るころには日ごろの憂さもさっぱりですわ。まさに極楽、夢の世界。わしは《ごくらくや》で、お江戸の皆さまを笑顔に変えたいと思っております」

ぐっと前のめりになって、早口で語る。

言葉に熱が入って、顔を拭(ふ)き忘れたようだ。李兵衛の頬から汗がぽとりと落ちた。

開業二十年というからには、おそらく李兵衛が一代で築き上げた店なのだろう。縁もゆかりもない江戸へひとり乗り込む商人らしく、前途への夢に溢(あふ)れた前向きな姿だ。

「でもね与吉さん、そんな極楽だって、炊事場に火が点かなけりゃどうにもなりません」

丸い笑顔に、しゅんと寂し気な影が差した。

「《ごくらくや》を建てた大工には、相談したのかい？」

与吉が少し真面目な顔で訊いた。先ほどよりも声色に親密さが窺える。

「そりゃ、もちろんです。けど、『そんなこたあ大工の俺に訊かれてもわからねえ』って。話になりません。『俺の仕事は家を建てることまでさ』って素っ気なくされてしまいますと、わしは、もうどうしたらいいやら……」

杢兵衛が困り果てた顔つきで、また汗を拭った。

「おい、お峰。こちらの杢兵衛さんのお話は聞いたな」

己が呼ばれていると気付くのに、一拍の間があった。

「は、はいっ！　しっかり聞いておりました！」

顔を上げてまっすぐに与吉を見る。

目の前にいるのは、幼い頃から可愛がってくれた優しい小父さんではない。

峰に仕事を割り振る采配屋であり、このお江戸の普請を取り仕切る先輩職人だ。

「お前に《ごくらくや》の普請を任せてみようか。どうだ？　できるか？」

与吉が鋭い声で訊いた。

「やらせてください！」

間髪を容れずに答えた。

李兵衛の悩みを解決できるかどうかは、わからない。

この仕事がうまく行くかどうかなんて、仕事の場にどっぷり飛び込んで手を動かしてみなけりゃ、決して見えてこない。

ただ己の腕で、李兵衛の力になりたかった。必ず役に立ってみせると思った。

「与吉さん、まさかこの別嬪さんが大工仕事をやりはるんですか？」

李兵衛が不安げな顔で、与吉と峰を見比べる。

「憂慮はいらねえよ。俺だって采配屋として、いい加減な仕事をする気はねえさ」

与吉がきっぱりと言った。峰に目配せをする様子はまったくない。

強い言葉が峰の胸に刻まれた。

背筋が伸びて腹に力が湧く。

「うーん、それならこっちも事情がありますし、一回、お任せしてみましょか。お峰さん、先ほどは失礼申し上げました。なにしろ上方には女大工なんてひとりもいないから、ちょっと面喰らってしもてね」

李兵衛は頭を掻いた。

「杢兵衛さん、そうと決まったら、早速、普請の場へ行きましょう。《ごくらくや》へ案内してくださいな」

峰が腰を上げると、杢兵衛は「あんじょうお頼み申します」と、ちらちら与吉を窺いながら両手を前で擦り合わせた。

7

日本橋（にほんばし）の喧騒（けんそう）の中を、杢兵衛と二人で連れ立って歩いた。

すぐに気付くのは、行き交う人々の目だ。

男のくせに真っ赤な小袖（こそで）、さらには虎の母子柄の姿とくれば、誰もが、ぎょっと目を瞠（みは）る。

中には、あっけに取られて口を開けて立ち止まる者、道端で妖怪（ようかい）にでも出くわしたように、「わっ」と声を上げる者までいる。

子供たちに至っては、面白そうな遊びが始まったとはしゃいだ顔で、きゃっきゃと連れ立って、どこまでも後を付いてくる。

「こんにちは。はい、こんにちは」

杢兵衛は、そんな皆に、まるで見知った近所の人が相手のように、にこやかに挨（あい）

拶をした。

挨拶をされると、誰もが苦笑いで顔を逸らす。

「見てごらんよ。あの着物」

峰の耳に、ひそひそ話が聞こえる。

「ありゃ、上方商人だよ。真昼間っから、こてこてに飾り立てて、みっともないったらないねえ」

「隣の娘は誰だい？　ここいらじゃ、見知らぬ顔だねえ」

皆の不躾な目が身体に刺さる気がする。

次第に、杢兵衛と歩くのが気まずい心持ちになってくる。

急ぎ足で辿り着いた人形町は、浜町と蠣殻町、堀留町に囲まれた、芝居小屋が立ち並ぶ狭い一角だ。

明暦の大火で焼けた跡地を、一から整地して各地から芝居小屋が集まった歴史がある。

まだ昼前だが、芝居小屋の興行は朝早くから始まる。通りには人が溢れかえり、見世物の軽業師や力自慢が芸を見せる。そこかしこから三味線の音が聴こえた。

人形町の真ん中なら、杢兵衛の派手な着物の毒も少しは失せる。

峰は密かに、ほっと息を吐いた。

「この角を、ちょっと入ったところです。大通りからは一本外れますが、そんなん何てことないですわ。人は楽しいところに寄ってきますねん。《ごくらくや》いっこで、人の流れは、皆こっちです」

李兵衛が幾度も峰を振り返りながら、先を行く。

《ごくらくや》の店は、引き札に描かれた絵よりもさらに色鮮やかで、どこか禍々しいまでの迫力があった。

屋根の上に載った寿司や天麩羅、お猪口や徳利の張子は、ひとつひとつが牛の身体のように大きい。

「ここが、わしの《ごくらくや》です」

かなり遠くからでも一目でわかった。

「あら？　どちらさん？」

店の前に、屈強そうな男を引き連れた、四十をいくつか過ぎた年の頃の女が立っていた。

上等そうな着物を着て化粧が濃い。玄人までは行かなくとも、若い娘の時分から客商売を長く続けていたに違いない風貌だ。

李兵衛を見つけると、ろくに挨拶も返さずに口を結んだ。

「《ごくらくや》さんですね。朝早くからお留守とのことでしたので、ここでずっとお帰りをお待ちしていました」

女が慇懃に言い放った。言葉尻に険がある。

李兵衛の横に立った峰にも、ついでにちらりと意地悪そうな目を向けた。

「はあ、そりゃ、お待たせして、どうもすいません。お揃いでどないしました？」

李兵衛が額の汗を拭った。

怪訝そうな顔で、まずは女を、それから背後に控えた男たちを見回す。

「私は、ここの人形町で長く商売をしている者です。今日は、この界隈の皆さんに頼まれて参りました」

「皆さん、でしたか。それはそれは……」

李兵衛は、まだ笑顔を崩さない。

女は李兵衛の暖気な様子に苛立ったように、勢いよく鼻から息を吐いた。

「はっきり言わせていただきます。こちらのお店のあの看板、いくら何でも無粋に過ぎませんか。ここは、お江戸中から粋な遊びを楽しむ大人が集まる町です。浮世を忘れて楽しみにいらした皆さんが、こんなけばけばしい店を目にしたら……」

李兵衛は小首を傾げた。

「目にしたら、どうとおっしゃいますか？」

女は、ぐっと黙った。

「ご自分で、わかりませんか？」

「わしは、皆さんが喜んでくださると思っております。芝居を見て町をそぞろ歩き、ええ気持ちになったお客さんが、楽しい一日の締めにひとっ飛び、極楽にまで行っていただけると思っております」

李兵衛は胸を張った。

「まあ……」

女は呆れた顔で背後を見回す。

男たちがひひっと低い声で笑った。

「この店の土地は、前は若手の役者が集まって暮らす、静かなところだったんです。地主さんの具合が悪くなってお金に困ることさえなかったら、余所の人に急いで売ったりなんてするはずはありませんよ。夜になると真っ暗で、だからこそ向こうの通りの芝居小屋や料理茶屋の灯が鮮やかに映えて、それはそれは美しい……」

「あんたたちだって、最初は元からの地の人にはかなりの面倒を掛けたはずだよ。

自分の店は良くって、新入りには邪魔だ、あっちにいけなんて文句を浴びせるってのは、ずいぶん器のちっちゃい話だねえ」

思わず口が滑った。

女がはっとした顔をした。

「あんたは、誰だい？　知らない顔だねえ。同じお江戸の娘のくせに、余所者の肩を持とうってのかい？」

女は急に蓮っ葉な口調で峰を睨んだ。

「まあまあ、お峰さん、いいんですよ。おねえさん、わしは今から大事な用がありますさかい。また改めましょ」

李兵衛は峰と女の間に割って入った。

「李兵衛さん、こんな根性曲がりの話なんて聞いてやる必要はないですよ。お江戸にはこんな意地悪な奴ばかりじゃないって、わかってくださいね」

「そうかい？　ここへ来たのは、私が初めてじゃないはずだけれどねえ」

女が流し目を作って、李兵衛を窺った。

「まさか李兵衛さん、他にも誰かが嫌がらせに来ているんですか？」

峰は李兵衛の顔を覗き込んだ。

「うーん。どうお答えしましょ。そら、いろいろありますさかい。お察しのとおりですわ」

李兵衛は照れ臭そうに笑った。

「さあ、お峰さん、中へどうぞ。こちらが、極楽の入口です」

李兵衛は着物の袖に手を隠し、子供のようにおどけた足取りで暖簾を潜った。

8

「うわっ、驚いた！」

峰はびくりと足を止めた。

《ごくらくや》の入口には、大人の身体の数倍もある大きな虎の像が置かれていた。

木彫りの虎に、べったりと目も覚めるような黄色が塗られている。

虎は口を開いて牙を剝き出しにして、威嚇の顔つきだ。暖簾を潜った刹那、客は大虎と顔を突き合わせることになる仕組みだ。

「そう、そういう顔が見たいんですわ。そない驚いてくれはりますと、考えた甲斐があって嬉しいわあ。わし獣の中では虎さんが一番好きですねん」

李兵衛がしみじみ幸せそうに言った。

「そ、そうですね。どんな店だろう？　って、ちょっと様子を覗きに来たお客は、飛んで逃げちまうかもしれませんけれどね」

「それは心配ご無用。せっかく《ごくらくや》に遊びに来てくださったお客さま、わしは決して逃がしません」

李兵衛はぎゅっと拳を握って、客の袖を摑む真似をした。

「炊事場は、店の一番奥ですねん。おうい。ご主人さまが帰ったでえ。皆、怠けとったらあかんでえ。今だけでも、しっかり手を動かしいな」

李兵衛の大声が店中にわんわんと、よく響く。

急ぎ足で廊下を進む李兵衛を、慌てて追いかけた。

「旦那はん、おかえりなさいませ。あら、女の職人さんなんてかっこいいわあ。こんにちは。どうぞよろしくお頼み申します」

数人の女中が、奥から顔を覗かせた。

まだ見習いのような若い娘なのに、店の主人と客人相手にずいぶん気さくに話しかける。

「なんや、お前たち。今日はえらい涼しそうやな。嫁入り前の娘がなんちゅう恰好や。わしが、故郷の親御さんに怒られるんやで」

杢兵衛が己のうなじを指さした。

女中たちはずいぶんと広めに襟を抜いて、夏物の浴衣を着付けている。

「暑くてたまらへんのです。開業の支度の今のうちだけですよ。お客さんの前ではちゃんとします」

女中のひとりが掌で顔を扇ぐ真似をした。

「ほんまか？　ならええわ。まあ考えてみたら、皆が艶っぽい恰好してくれてるほうが、男連中も仕事に身が入りそうやしな。しっかり働いてなあ」

杢兵衛は朗らかに手を振った。

「この店の皆はずいぶんと、仲良しですねえ。旦那さんとあんなに楽しくお喋りをする女中なんて、見たことがありません」

少々面喰らった心持ちだ。

「仲良しこよしって、わざわざそんなん思ったことないですわ。商いやってる家なら、どこもこんなん違いますか？」

杢兵衛は、きょとんとした顔をした。

「さあ、ここからが《ごくらくや》の名物、〝七宝の池〟でございます」

部屋の障子は、枠が作り物の葉で覆われていた。

襖（ふすま）には金箔（きんぱく）を貼った象の絵が描かれ、欄間からは赤い舌がちろちろ動く蛇が飛び出している。

襖を開くと、客間の床には砂金が撒（ま）かれて、盆を使った池がある。池には大きな蓮の花と、虎柄に色づけした鴨の親子の人形がぷかぷか浮かんでいた。

廊下は、山奥の獣の楽園を模しているのだろうか。

大小さまざま、色とりどりの足跡が描かれている。犬猫はもちろん、馬、牛、熊や駱駝（らくだ）、象の足跡まで。脇に〝実寸〟と但し書きがあるので、大人の峰でも、こっそり自分の足を当ててみたくなる。

物珍しく面白いことは間違いない。だが、あまりにも刺激が多すぎる。

加えてこの店は窓が少ない。廊下はすべて内廊下だ。明かり取りの窓は、大人が潜り抜けられないくらい細く長い。

壁という壁に、趣向を凝らした仕掛けをこれでもかと盛り付けたためだろう。

峰が料理茶屋、として想像する、美しく整えた中庭を背景に客が集う光景とはまったく違うものになりそうだ。

いけないとは思っても、先ほどの女の言った〝無粋〟という意地悪な言葉が胸を過（よぎ）る。

「ほらまた虎さんいましたでしょ。今度は赤ちゃんやで。坊や、こんにちは。この子は可愛い顔をしてはるさかい、昔、幾度も悪い人に盗まれましてん。だからこうやって柱に繋いでます」

廊下の一番奥。李兵衛は、木彫りの小虎の首に括られた紐と黒光りする柱を指さして笑った。

「こりゃ、いい材料を使っていますね。ずいぶんと贅沢をしましたね」

峰は柱に掌を当てた。

「そこに気付くとは、さすが職人さんやわ」

李兵衛が嬉しそうな声を上げた。

峰は柱の木目に沿って天井を見上げた。

柱は建物を支える要となる、大事な存在だ。何よりも頑丈でなくてはいけないはずだ。だが、無駄に堅苦しい強さは必要ない。

木は生き物だ。墓石を切り出すみたいに、まっすぐかっちり形が整っていなくてもよい。

目で見てわかるかどうかという歪みがあちこちにあって、それでいて危なっかしいところがどこにもなく、地にどっしり足がついた、まるで生きたままの木をそのまま持ってきたような柱が、最も上等な柱だ。

天井の梁の継ぎ目に目を凝らす。

木材を組む際は、二つの木に凹と凸の切り目を入れる。凹凸を合わせた上から金槌で叩き、木を嵌め込む手法で、釘なぞなくともかっちり噛み合う。

梁の継ぎ目は滑らかだ。目で見るのはもちろん、きっと指で触ってもどこに凹凸があったのかがわからないほどうまく留まっている。

木の切り出しの正確さに加えて、金槌の力の塩梅によほど手慣れた大工の手によるものだ。

「この店は、誰の仕事ですか？　見事なもんです」

峰は改めて店の中をぐるりと見回した。

「元大工町の五助さんって知ってらっしゃいます？　少々値段は張りますが、こっちの言ったとおりに何でも作ってくれるって人ですねん」

元大工町は日本橋の裏手にある職人町だ。与吉の家のある神田の横大工町と同じく、その名のとおり職人が多く住む。

峰は、ほうっと息を吐きかけてから、

「でもその五助って大工が、杢兵衛さんが炊事場の事態で困っているのに何も助けてはくれないんですね」

と口元を引き締めた。

「いやいや、そんなん言わんといてくださいな。ほかの職人連中なんて、なんやかんや文句つけて、こんなん無理や言うだけでしたんや。余所者には厳しい町やなあ。はい、ここが炊事場です」

李兵衛は廊下を曲がった奥にある木戸を開けた。

日当たりの良い客室とはちょうど反対側の、店の真北側だ。

「ここ、三段下がってますねん。怪我しないように気いつけてくださいね。おっとっと」

李兵衛は峰に注意しながら、己が石段から足を踏み外しかけて頭を掻いた。

とても暗い。土間造りの広い炊事場だった。

炊事場の真ん中に、料理をするための大きな台がある。

掃除の際の水はけを良くするためだろう。足元に気付くかどうかというくらいの傾斜ができていた。

奥の壁に沿って竈が十ほどずらりと並んでいた。天井近くに煙を逃がすための横長の細い窓があった。

「火が点かないのは、その竈ですか？」

峰が指さすと、杢兵衛は大きく頷いた。

「ちょっとそこで見といてください」

杢兵衛は素早く火打石と火打金を両手に握った。

かちかち、と打ち鳴らすと火花が飛び散った。

しかし、つい先ほど、芳が朝飯の際にやってみせたときとはずいぶん違う。消えかけの線香花火のように心もとない火花だ。

「ちょっと待って、もう一度こっちでやってみてもらえますか？」

峰は懐から、芳に借りた火打石と火打金を取り出した。

「あああこれがお芳さんの、火打石ですな。これならすぐ点くはずなんやけど」

杢兵衛が同じ動作を繰り返す。やはり火花は幻のように小さいままだ。

「こりゃ、不思議ですね。どうしてだろう」

峰は顎に手を当てた。

「はい、こちらお返しします。どうぞお芳さんに、おおきにとお伝えください。おかげさんで胸の中でひっかかってた嫌な気持ちが、ちょっと失せましたわ」

「嫌な気持ち、ってのは何の話ですか？　そんなの、杢兵衛さんとは無縁に見えますが」

変わった物言いに、峰は首を傾げた。

目の前の杢兵衛は、相変わらずにこにこと大黒さまの笑顔だ。

「いやねえここだけの話ですが、最初は誰かが、うちの火打石に細工をしているんかと思ってましてん。火打石ばっかり幾度も買い替えて、使用人にも気軽に触らせないようにって鍵の掛かった蔵に隠して。夜中に見回りなんてしてたら、なんかわしは、えらいちっちゃい男やなあって」

「細工をするって、誰がそんな嫌がらせを……」

言いかけてから言葉が途切れた。

暗い炊事場に、重苦しい沈黙が訪れた。

「お江戸の皆さんは、ええ人ばっかりですわ。ただ知らん人ばっかりで気苦労多くて、たいへんやねえ」

杢兵衛は「ああしんど」と大げさに肩を竦めて見せた。

9

「お嬢さん、お帰り。遅かったねえ。初の仕事はどうだったたい？」

峰が戸を開ける前に、芳の言葉が飛んできた。

「ただいま戻りました」

生まれて初めて口に出した言葉だ、と思う。

身体の疲れが一気に消えて、存分に気が緩む。「ただいま」という挨拶はまるで呪文のようだと思った。

「疲れたろう。夕飯の支度をしてあるからね。お嬢さんの大好きな茄子の煮浸しだよ。お嬢さんは小さい頃から茄子が好きでねえ。こうやって私が皮を取って匙で潰してやったのを……」

芳が土間まで下りてきた。峰の帰りを今か今かと待ち構えていた様子だ。

「お芳、〝お嬢さん〟なんて呼び名は、もうやめな。このお江戸で腕一本でやっていくって覚悟があるってんなら、甘やかしちゃいけねえ。俺たちは采配屋の親方とお内儀さんだ。おいっ、お峰、今日は、どんな塩梅だった？　きちんと帰り際に挨拶をして出たか？　俺にちゃんと報告してみろ」

与吉はわざと乱暴な口をきく。

「杢兵衛さんの案内で、《ごくらくや》へ行って参りました。炊事場を検分して、火を点ける手順も、その場でやってもらいました」

峰は与吉の前に膝をついた。

「私の火打石は役に立ったかい？」

上がり框に腰かけた芳が、身を乗り出した。

「《ごくらくや》では、お芳さんの火打石もちっとも点きません。ってことは、火打石じゃなくて、あの炊事場に何かあるはずなんですが……」

峰は言葉を切った。

「なんだか、お嬢さんにそんな堅苦しい言葉遣いをされると、寂しくなっちまうねえ」

「おいっ、余計なことを言うな」

与吉が睨んだ。

「お峰ちゃん、《ごくらくや》って、どんなところだった？　ほんとうにお花の持っていた引き札みたく、煌びやかで華やかなお店だった？」

部屋の隅で縫物をしていた綾が、手招きをした。

脇で花が紙人形遊びに熱中している。

綾は真っ赤な針刺しに使いかけの針をぷすりと刺すと、己の隣を掌でぽんと叩いた。

「実物の《ごくらくや》は、あの引き札どおり……ってより、もっとずっと派手な店だったよ。祭りの山車みたく、どんな遠くからでもすぐわかる。遠くの山の上から見ても、ああ、あそこが人形町だ、って目印になるような店になるに違いないよ」

「わあ、引き札の絵はほんとうだったのね。でもあの通りの店ができちまったら、人形町はずいぶんと佇まいが変わるわね。だって、あのあたりって、元吉原があったところでしょう？　少し暗がりに行けば出合茶屋がいくつもある、暗くてうらぶれた嫌ぁな雰囲気だったのよ。明るいお店ができれば人の流れも変わるわねえ」

言いながら綾は、両親の前だとはっと気付いた顔をして声を落とした。

「あの一帯の店って、今は出合茶屋なんだね。どうりで強面の男が集まったわけだ」

峰は両腕を前で組んだ。

綾が与吉をちらりと横目で見て、肩を竦めた。

「強面の男って何のことだい？　お嬢……お峰、何か怖い目に遭ったたってのかい？」

芳が不安げに口を挟んだ。

「《ごくらくや》に案内されたそのときに、若い男を幾人も連れて、杢兵衛さんに文句を言いにきた女がいたんです。《ごくらくや》みたいに無粋な店ができたら、ここいらの風情が台無しになるって、意地悪を言ってね」

「俺は、そういう小さい奴が一番嫌いだね。お江戸なんてのは、元はただの葭が生い茂るどろどろした沼地さ。人が住むところじゃねえ。お上がここにいるってだけで、各地から田舎者が蟻のように集まってくる場よ」

与吉が鼻の穴を膨らませた。

「どいつもこいつも余所者なんだ。自分が地に根を張って安心して生きている自信がねえ奴ほど、新入りをいじめて追い出そうとするんだよ。本当の江戸っ子なら、どんなところから来たどんなものも、こりゃ面白そうだねってわっと軽やかに群がるもんさ。人さまが喜んでやっていることを〝無粋〟なんて悪口を言うほど〝無粋〟なもんはねえよ」

「杢兵衛さんは、その場でどうしていたんだい？　あの人だったら、真正面から相手とやり合うことはなさそうだけれど……」

芳が気を揉む顔をした。

「お芳さんの言うとおりです。杢兵衛さんはどうにか飄々と受け流していました。

でもあの調子じゃあ、あいつらはおいそれと引き下がる気はなさそうですね」

「腹が立つねえ。せっかく上方からわざわざお江戸に来てくれたって人に、なんて仕打ちだ」

与吉は怒り心頭に発した様子だ。

「それはそうと、お峰ちゃんの仕事はうまく行きそう？　《ごくらくや》の炊事場に火を点けてあげることができそう？」

綾は峰が気を取り直すように言った。

改めて訊かれると、胸に臆病心の影が差す気がする。

眉間に皺が寄りそうになるのを、奥歯をぐっと嚙み締めて堪える。

「どうだろうね。今このときは、《ごくらくや》に火が点かない理由は、ちっとも見当がつかないよ」

峰は肩を竦めた。

「職人が、家であれこれ頭を巡らせたって仕方ねえさ。普請の場で懸命に動いてりゃ、自ずと答えは出てくるもんだ」

与吉が鷹揚に言い切った。

「はい、ひとまず手を動かしながら考えてみることにします」

峰はゆっくり拳を握った。

「さあさあ、夕飯にしようね。今日は慣れないことばかりで疲れたろう？　たんとおあがりよ」

芳が框から勢いよく立ち上がった。

「あんた、手伝っておくれよ。卓袱台を出しておくれ」

齢を感じさせない敏捷な仕草で、忙しく竈へ飛んでいく。

「どうして俺がそんなことをしなくちゃいけねえんだ。お峰は、客じゃねえぞ」

「今日くらいはいいだろう。いつもの力自慢はどうしたい？　ほら、早く早く」

「仕方ねえなあ……」

与吉がほんのり顔を綻ばせて立ち上がった。

「ねえ、お峰ちゃん」

綾の囁き声に振り返る。

「私、その意地悪な女の人の気持ち、ほんの少しだけ、わからなくもないのよ」

「えっ？」

驚いて訊き返した。

「ほんの少し。ほんの少しだけよ」

綾は大きく左右に首を振った。

「でも人目を忍ぶ出合茶屋の窓から、大きなお寿司や天麩羅がぎらぎら覗いたら、さすがに商売上がったりよねえ。おとっつぁんはああ言ったけれど、お江戸にはその日を生きるのに懸命って人もたくさんいるわ。皆が皆、江戸っ子としての気風を示す余裕があるとも限らないと思うの」

「お綾ちゃんは、《ごくらくや》はあの場所で開業しないほうがいいって思うのかい？」

「ううん。そんなことないわ。ただ皆が納得する方法がどこかにないのかな、って思うだけ。新しいことを始めるときって、曇りがないほうが気持ちいいでしょう」

綾は梅雨の小雨がしとしとと降り注ぐ天井を見上げた。

「商売なんて元からその地にいる人たちに応援してもらえれば、うまく行ったも同然ですもの」

「さあさあみんな、席について。お花も、紙人形を片付けな。夕飯が始まるよ」

芳の声が響いた。

花がひょこりと顔を上げる。

「ねえ、お母ちゃんは、出合茶屋って行ったことあるの？」

「お綾！」

芳が綾を睨んだ。

「まあっ、この娘！　ぜんぶ聞いていたのね！」

綾が目を剝いた。

10

峰は《ごくらくや》の裏庭で、芳の火打石をかちんと鳴らした。

昼間でもはっきりと見てわかるくらい、大きな火花が飛び散る。

「このくらいの火花が出てくれましたら、何も問題はありませんですわ。それが、お庭から一歩、建物の中に入ったってだけで……」

杢兵衛が額の皺を押さえるように、手拭いで汗を拭いた。

「炊事場の戸口を開けてもらってもいいですか？」

二人で庭から薄暗い炊事場に移る。

「うーん、やっぱり駄目ですね」

火口にもっていくと火打石の火花は急に勢いを失った。

峰は炊事場の天井に目を凝らした。梁に使われている木目は青く輝くほど白い。

これから竈の煙に燻（いぶ）されて真っ黒になるのを待ち構えているような、立派な造りの炊事場だ。

しかしこの炊事場はずいぶんと暗い。

今は昼間だからまだ良いようなものの、月明かりを取り入れる窓もない炊事場では、夕暮れを過ぎたら、竈の炎だけでは到底明かりが足りない。

料理で刃物や熱い湯を使うのだから、きっと暗いままにしているというわけではないだろう。

「この炊事場は、夜になったら明かりを灯（とも）すんですか？」

「はい、そうです。料理人の手元に女中の通り道。いろんなところに、提灯（ちょうちん）を括（くく）りつけておきます」

杢兵衛が炊事場のあちこちを指さした。

「そりゃ、火の元には気をつけなくちゃいけませんね」

「へ？　ああ、そういや、そうですね。当たり前のことすぎて、あんまり考えたことありませんでしたわ」

杢兵衛がきょとんとした顔をした。

「杢兵衛さん、この炊事場は風が通りませんね。もしかしたら火が点かないのは、それが理由かもしれません。あのあたりの壁を壊して、窓を作れば……」

峰は天井近くを指さした。

庭では火が点くのだから、外と家の中の状態を少しでも近づけることが大事だ。あそこに窓が一つあれば、竈の煙が逃げて月明かりも入る。

夏の蒸し暑さは減り、使用人たちが忙しく駆け回る通り道に提灯を置く、なんてひやりとするような真似もしなくて済むだろう。

「駄目、駄目、駄目ですよ！」

李兵衛が急に語気を荒らげた。

「お峰さん、そりゃないですわ。そんなことしたら、すっかりこの炊事場の様子が変わってしまいます」

李兵衛が大きく首を横に振った。

「でも普請が入るからには、前と少しも様子を変えないってわけには……」

「そんなん、わかっとりますよ。でも、窓を作るのは、絶対に駄目です」

李兵衛は口をへの字に曲げた。

「わかりました。じゃあもう少し、どうするか考えさせてください」

平気な声を作ったが、心ノ臓から冷や汗が垂れる気分だ。

李兵衛が困っている姿が気の毒で、一刻も早く事態を解決してやりたいと思った。

それなのに、李兵衛がどうして急に臍を曲げてしまったのかわからない。

驚いて身体が強張ってしまい、頭の中もぴたりと止まってしまった。

「お峰さん、窓を作るなんて乱暴な話じゃなくて、ほかになにか良い方法はあらへんのですか？　あんたは、職人さんなんですやろ？」

李兵衛が畳みかけた。

「ええと……たぶん、やっぱり、窓は必要だと思うんです」

焦って頭を巡らせてみる。何か大きな間違いをしてしまったのではと思う。

でもやはり、窓を開けて外の風を取り込む、という己が最初に立てた筋道は正しい気がした。

「たぶん、やっぱり、ってそんな言い方ないですわ」

李兵衛が悲痛な声を上げた。

「……済みません」

職人の真似をしていたところで、化けの皮が剝がれてしまったような気分だ。

「とにかく、《ごくらくや》の炊事場の見た目は、少しも変えてはあきまへん。それができないっていうんなら、与吉さんには申し訳ないことしますが、今回はご縁がなかったってことでお願いします」

「そんな。それじゃあ《ごくらくや》は……」

「立派な壁に穴ぼこ開けてしまうんやったら、高いお金出して、五助さんに頼んだ意味がないです。阿呆らしくなりますわ」

　杢兵衛は峰の言葉は聞こえないふりをして、大きく鼻から息を吐いた。

11

「ごめんください。五助さんはこちらですか？」

　峰は雨にしとどに濡れた笠の顎紐を外した。

　笠を胸元に当てて長屋の奥を覗き込む。元大工町の裏通り、独り身の職人が住む棟割長屋だ。

　朝から大粒の雨の降るこんな日は、出職人の大工は商売上がったりだ。陽の光のない暗い部屋の中で、皆、不貞腐れて二度寝の最中に違いない。

「誰だ。女に用はねえぞ」

　真っ暗な部屋の奥から、鋭い声が返ってきた。

「私は、普請の仕事をしている峰です。《ごくらくや》さんの、炊事場の件で伺いました」

　峰は眉間（みけん）にぐっと力を込めた。

　むっとする心持ちを抑えて丁寧に言う。

「《ごくらくや》の普請だって？　待ちやがれ。そんな話は聞いてねえぞ」

　暗がりから険しい顔が現れた。

　よく日に焼けた浅黒い肌に、鍛え上げられた筋の大きな身体。荒事を演じる役者のように鋭い目だ。

　齢（とし）は三十に届く頃だろう。体力と経験がじゅうぶんに備わった、職人として脂の乗り切った時期だ。

「あなたが五助さんですね。ちょっと話を聞かせてもらえますか？」

　峰は大きく息を吸った。

「使いの女と話すことは何もねえ。用事があるなら、横着しねえで手前（てめえ）がちゃんと出向けと、おとっつぁんに伝えておきな」

　五助はろくに峰の顔も見ようとしない。

　掌（てのひら）を軽く振り回し、羽虫でも払うような仕草をした。

　失礼な男だ、と思う。

峰の胸の奥からむくむくと負けん気が湧き上がった。

「私があんたに用事があって来たんだよ。私が《ごくらくや》の普請をやるのさ」

峰は背を向けようとした五助の袖を、ぐいと摑んだ。

「はぁ？」

五助は峰の頭の先から爪先までをまじまじと眺めた。

「勘弁してくれ」

五助の横顔がうるさそうに歪んだ。

「《ごくらくや》に指一本でも触れたら、ただじゃおかねえぞ」

五助は峰の腕を振り払った。

「あの店は、俺が作った俺の店だ。他の奴にこねくり回されるのは我慢ならねえ。その上普請が女だと？　笑わせるな」

強い口調で吐き捨てた。

「なにさ、恰好つけるんじゃないよ。李兵衛さんが困っているのを見殺しにした奴が、〝俺の店〟だって？　聞いて呆れるさ」

思わず鋭い声が出た。

「何だと？　見殺し、ってのは何の話だ？」

五助がどすの利いた声を出した。

「炊事場に火が点かないって、相談を受けたんだろう？　それをあんたは、『そんなの俺の仕事じゃねえ』って、逃げたんだ。あんたのせいでこっちはたいへんだよ。普請のやり方を伝えたつもりが、杢兵衛さんは機嫌を損ねちまうし……」

峰は両腕を前で組んだ。

「俺は逃げちゃいねえさ。俺の仕事は、建主に頼まれたとおりのものを一寸の狂いもなく作り上げることまでだ。俺は、俺の仕事をきちんと全うした。後から、炊事場がどうこうなんて言われたって、そんなこたあ知ったことじゃねえさ」

五助は額に青筋を立てて言い返す。

「なんだい、ずいぶんむきになって。その様子じゃあ、どうやら杢兵衛さんのことがずっと胸に引っかかっていたようだね」

直後に床からどんっと大きな音が響いた。

五助が足を踏み鳴らしたのだ。

「黙れ。次はお前の横っ面をぶん殴るぞ」

五助が己の鼻先で拳を見せつけた。

「あの家の図面を引いたのは、あんたじゃないね？」

峰は一歩前に踏み出した。

五助の荒い息がぴたりと止まった。

「……どうしてそう思う？」

喉から絞り出すような声だ。

「《ごくらくや》ってのは、屋根に載った大きな張子が、夜になるとぎらぎら輝く店だろう？　当然、張子の中には蠟燭の灯を入れるはずさ。さらに炊事場の窓をなくして、たくさんの提灯を灯しながら働くだって？　まともなお江戸の大工だったらそんな危なっかしい真似、恐ろしくてできやしないさ」

人と建物が狭い土地に密集しているお江戸では、常に火事の危険と隣り合わせだ。店先に提灯ひとつ灯すのにも、お火の番が夜通し見回って気を遣う。

何かの拍子に大きな張子や女中の袖に火が移ったら、取り返しのつかない惨事になるはずだ。

お江戸で長く商売をしている職人ならば、杢兵衛の着想を聞いたその場で、「それはやめておいたほうがいい」と忠言するに違いない。

「あんたは建主の思いどおりのものを作ってくれる、ってのが売りの大工なんだろう？　お江戸の火事の怖さを知らない杢兵衛さんには、口下手な大工たちがどうして《ごくらくや》の仕事を嫌がるかが、皆目わからない。おまけに近所の〝無粋〟な嫌がらせも相まって、物事を悪いほうに取っちまったんだ。それで金さえ積めば文句ひとつ言わず思ったとおりの仕事をしてくれるってあんたに、辿り着いたってわけだ」

「俺は言われたとおりの仕事をしただけだ。いちいち気を回して忠言して、元あったものを作り替えさせようなんて、お節介な真似はしねえさ」

五助が口を結んだ。

峰の脳裏に、《ごくらくや》の天井が浮かぶ。

梁の一本一本、木目の流れまで気を配った造りだ。頑丈なだけではなく美しい。長年暮らすことで生じる建物の歪みさえも配慮した、見事な出来栄えだった。

「《ごくらくや》の図面は、上方の大工が引いたものさ。道頓堀の《ごくらくや》を、そっくりそのまま移したみたくお江戸で再現してくれ、ってのが杢兵衛の望みだったんだ。とんでもなく派手な屋根の張子や客の間はもちろんのこと、使用人の控える部屋や炊事場までな」

五助は仏頂面で唸った。

「炊事場も、だね？」

峰は念を押した。

「ああそうだ。炊事場もそっくりそのままだ。上方から呼び寄せる女中たちが手順に迷う事態にならねえように、ってな。働いている間だけでもここは上方だと思い込んで、慣れない土地で暮らす憂慮を忘れて欲しい、ってさ」

杢兵衛の飄々とした笑顔に、柔らかい訛りを思い出す。

顔を合わせた当初は、上方の商人というのはどうにも真剣さが欠けて捉えどころのない、奇妙な気質だと思った。

だが考えてみれば、お江戸も上方も同じ人間だ。客の笑顔を思い浮かべれば嬉しくなるし、意地悪を言われれば気が滅入る。

「杢兵衛は幾度も念押しをしてきたよ。『このまんま、このまんまに作っておくれやす』ってな」

五助は下手な訛りで杢兵衛の真似をした。直後にむっとしたように口を噤む。

「杢兵衛さん、そんなふうに考えていたんだね。だから私が〝壁を壊して窓を作ってみよう〟って言ったら、あんなに頑なに嫌だって……」

「おい、待て、お峰といったな。この馬鹿！」

終わりまで言わないうちに怒声が被さった。

「何だって？」

峰は五助をきっと睨み返した。

「馬鹿を馬鹿と言って、何が悪いんだ。お前、もしかして今のままの言葉を、杢兵衛の前で口にしたんじゃねえだろうな？　壁を壊して窓を作って……って」

「ああ、言ったよ。それがどうかしたのかい？」

峰は五助に向き合った。

「ふざけるな、この馬鹿野郎、いや馬鹿女！　少しは家主の気持ちになってみやがれ。手前の家を〝壊して〟なんて言われて、喜ぶ奴がいるか！　どんなときでも、窓は〝開く〟、屋根は〝外す〟、床と畳は〝替える〟、本当に跡形もなくぶっ壊すときは〝片付ける〟だ。どんな襤褸家の片付けだって、一言でも〝壊す〟なんて口にした日にゃ、親方に半殺しの目に遭うもんだぞ！」

「あっ」

峰は息を呑んだ。

頭の中が真っ白になる。

「なんだ、今まで誰も忠言しちゃくれなかったのか？　お前はいったい……」

五助が困惑した顔をした。

「五助さん、ありがとう。ぜんぶ私が悪かったんだ！」

峰は五助に勢いよく頭を下げた。

12

「お峰さん、何してますのん？　そこは触ったらあかんのとちゃいます？」

李兵衛が汗を飛ばして駆けてきた。

「どうか私を信じて、任せてくれませんか？　《ごくらくや》の炊事場には、どうしても窓が必要なんです」

峰は梯子を壁に立て掛けて、李兵衛に身体を向けた。

「いや、炊事場の光景はこのままにしといて欲しい、って言いましたよね？　炊事場に大きい窓があるのは、不細工すぎます。外を兎さんが一匹ぴょんと跳ねたら、すぐに皆の気がそっちに行ってしまいますわ。気ぃ散ってばかりで、仕事に身が入りまへん」

李兵衛は眉を下げた。

「李兵衛さん、ここはお江戸です」

峰は首に掛けた手拭いの両端をぐっと握った。

李兵衛に向き合う。

「そんなんわかっとります。どこに、道頓堀が見えますのん」

李兵衛は間髪を容れずに答えた。開いた戸口の向こうに広がる裏庭を指さす。

「……わかっとります」

少ししんみりした口調でもう一度言った。慌てて峰の言葉を笑い飛ばすように、両手をぽんと打ち鳴らす。

「李兵衛さん、あなたが大きな夢を胸に、見ず知らずのお江戸へ出てきた覚悟、私にも少しはわかるつもりなんです。お願いします。ここは私に任せてもらえませんか？　李兵衛さんを、《ごくらくや》を助けたいんです。決して悪いようにはしません」

李兵衛をまっすぐに見た。

李兵衛は口元に笑みを浮かべたまま、しばらく黙った。

「この仕事は、私にとってお江戸の町での初仕事なんです。必ずうまく行かせたいんです」

峰は強く頷いた。

「初仕事……ちゅうのは、どないな意味ですか？　あんた見かけはお嬢さんやけど、それなりに大工仕事の場数を踏んでるんとちゃいますの？　話、違いますわ……」

　李兵衛の顔が明らかに強張った。

「私は、小普請方の武家の娘なんです。江戸城の営繕をしていた大工の家で、ずっと父の仕事を手伝っていました」

「なら武家のお姫さまが、なんでこんなところにおりますのん」

「自分だって、まだ頭の中がしっかりまとまっちゃいません。簡単に人に話せるものではありません」

　峰は己の額をぴしゃりと叩いた。

「でも、先行きが楽しみで堪らないのも、うまく行かなかったらどうしようって臆病心でびくびくするのも、きっと李兵衛さんとそっくり同じです」

　李兵衛をまっすぐに見据えた。

「臆病心？　そんなんわしは、一度も感じたことないです」

「そうですか？　なら、私もです。そっくり同じですね」

　峰は小さく笑って頷いた。

　李兵衛はうーん、と唸り、額に手を当てる。

「……ほな、お願いしてみましょか。お峰さんのやること、見せてもらいましょ」

李兵衛は、峰が拍子抜けするほど軽い口調で言った。

「李兵衛さん、ありがとうございます」

峰は力強い一歩で梯子を上った。

板張りの壁を見上げる。

まずは建物の要となる柱を傷つけないように細心の注意を払い、板に錐で穴を開ける。小さな穴が開いたらそこに糸鋸を通して、窓の大きさまで穴を広げていく。

鋸を挽くときは、ただ力任せにぎこぎこと刃を進めていくだけではいけない。速く切るためには刃を板に直角に当てるが、窓を作るにはまっすぐな線を引くことが大切だ。刃を倒して道を作りながら慎重に挽いていく。

峰の睫毛の上に、白く細かい木の粉が飛んだ。

大人が楽に潜れるくらいの大きな四角い穴ができたら、雨戸と障子を嵌め込むための窓枠で囲う。

窓枠には、五助が他の窓に使ったものと同じ檜葉の木を使った。幾度障子を開け閉めしても歪むことのない耐久性を持ち、湿気で反り返ることもまずない。

今は梅雨の真っただ中だ。窓枠の大きさを窓にぴたりと合わせては駄目だ。

夏になってもっと湿気が増えたときに、嵌め込んだ障子が膨張して窓枠が壊れることもある。

窓枠の大きさよりも一回り小さく障子を仕上げる。

大きな窓が出来上がると、炊事場は急に広々と明るく見えた。

作事場の周りを手早く片付けて、梯子を下ろした。

かちかち、と火打石を打ち鳴らす音が聞こえた。

「お峰さん、どないなってるんです？　窓ができても、火はちっとも点（つ）きまへん」

杢兵衛が泣き出しそうな顔で、竈（かまど）の前に立っていた。

「まあまあ慌てずに。まだ途中ですよ」

峰は鷹揚（おうよう）に頷いた。

ただひたすら手を動かし身体を動かすのは、気持ち良かった。

最初はおっかなびっくりで、首を傾げながら、失敗したらどうしようなどと臆病心も胸を過（よぎ）る。

しかし、作業が進むと次第にそんな邪念は失（う）せていく。

気付くと口元にわずかな笑みが浮かぶ。求めるものに近づいている確信が芽生えていた。

「ええっ！　そりゃ、いくらなんでも……」

言いかけて杢兵衛は、両手で口を押さえた。

目を白黒させながら、峰に向かって「約束は覚えている」というように幾度も頷く。

「困ったわあ、この人、何するつもりやろか……」

峰に聞こえているのはじゅうぶん承知で、己の胸に手を当てて不安げに呟く。

「待ってってくださいね。日が暮れる前に仕上げてしまいます」

峰は、鉛が詰まったように重い麻袋を、どさっと土間に放り投げた。

13

「なんだか愛想ない感じやねえ。お外にいるみたいで、落ち着きませんわあ」

火打石を握った杢兵衛は、新しい炊事場を見回した。

新しく作った大きな窓の向こうは、裏庭とも言えない荒れた空き地が広がる。

土間の足元には、河原から集めてきた砂利をぎっしりと敷き詰めた。

表面には粒の小さい砂利を、根っこの基礎の部分は、粒の大きい砂利を重ねていく。

砂利の大きさが変わることで水はけが良くなる。盆栽の植木鉢と同じ仕組みだ。

杢兵衛は不満げに唇を尖らせた。

炊事場に、かつん、かつん、と高い音が響く。

「わっ！」

杢兵衛が仰天した様子で、後ずさった。

「火花の大きさが、今までとぜんぜん違います！　前までは消えかけの線香花火みたいなちっちゃな火花が散っていたのが、こないぼってりとして橙色の、お空のお星さまみたいな……」

「竈に火を点けるまで、やってみてもらえますか」

峰は口元を引き締めたまま答えた。

「ほな、期待させてもらいますよ」

杢兵衛が火打石から飛び散った大きな火花を、蒲の穂を敷き詰めた火種箱で受けた。

しばらく静まってから、白い煙が一筋ふわりと立ち上った。

「ようし、ええ加減や」

杢兵衛は慎重な手つきで火種箱の火を竈に移した。

小枝や薪を幾度も動かしながら、団扇を手に、目を見開いて竈の中を睨む。

ほどなくして、ぱちぱちと火の爆ぜる音が聞こえてきた。

炎の熱気が炊事場に広がっていく。

「そうそう、これやこれ。《ごくらくや》に命の灯が入りましたわ！」

李兵衛は小躍りして峰を振り返った。

「よかった。これで、私もほっと一安心です」

峰はよいしょ、と声を上げて梯子を担いだ。

「お峰さん、聞かせてくれまへんか。いったいどないして、竈に火が点くようになったんですか？」

李兵衛は両手を開いて、峰を押し止めた。

「お江戸ってのは、元は沼地の葭の原です。特に梅雨の時分はひどいものですよね？　身体中が水気でべたべたして、空気は重苦しくて、沼地の蛇にでもなったみたいな気がします。お江戸の湿気の凄まじさは、上方とは比べ物にならないんです」

峰はじっとりと汗で湿った首筋を、手拭いで力強く拭った。

「確かに、ここのところ、ずいぶんうっとうしい天気が続いていると思ってましてん。節々痛うて、なんだか気ぃ滅入るわあって……」

李兵衛が自分の両肩を交互に揉んだ。

「《ごくらくや》は、上方の建物をそっくりそのままお江戸に移した造りですよね？　お江戸の建物よりもはるかに窓の数が少なくて、おまけに炊事場には水を外に流すための傾斜がついています。炊事場に籠った湿気が、すべて外に一番近い竈の前に溜まってしまうんです」

「大きな窓で空気を入れ替える、土間に砂利を敷いて床を高くしとく、そしたら炊事場に溜まった湿気も逃げてくって算段ですか？」

　李兵衛が目を丸くした。

「そうです。お江戸ではどれほど上等な料理茶屋でも、水回りを戸で締め切るなんて造りはまずありません。常に外気に晒して少しでも湿気が溜まらないように用心しなけりゃ、竈に火を点けることさえ難しいんです」

　峰は竈を指さした。

「もうひとつ言えば、ここは人形町です。人形町ってのは、明暦の大火があるまでは吉原のあった町なんです。吉原って地名の語源は葭の原、その名のとおり葭の生い茂る沼地だったんです。お江戸の中でも最も水気の籠る場所、って言えると思います」

「そないなこと、ちっとも知りまへんでした。そういやこの土地は、前は見習い役者さんが集まって暮らしていたと聞きましてん。おそらく役者さんたち、喉が潤ってええ声出たんちゃいますかなあ」

　李兵衛が寂しそうに笑った。

「わしが意固地になったせいですわ。考えてみればお江戸の皆さん、いろいろ忠言してくれてはりましたわ。上方の《ごくらくや》のままがええんや、わしはそれでやってきたんや、って恰好（かっこう）つけてしまいましてん」

　杢兵衛は窓の外をじっと見つめた。

「お峰さんが言ったとおりですわ。ここはお江戸、上方じゃありまへん」

　杢兵衛はしんみりと呟いた。

「杢兵衛さん、私に力にならせてもらえませんか？　この《ごくらくや》はとんでもなく素敵な店です。老若男女が見たこともない派手な趣向に仰天して、浮世を忘れて、悩みなんて馬鹿馬鹿しいって思えるような、明るく楽しい、これまでのお江戸にはなかった店ですよね？」

　峰は前のめりになって口を開いた。

「そら、そうかもしれません。そやけどそれ思ってんのがお江戸でわしひとりってのも、なんか阿呆（あほ）らしい話やね……」

「五助さんが手掛けた《ごくらくや》の建物の普請は最高です。この先、この地で百年だって続けられます。だからこそ、お江戸の《ごくらくや》を、私に仕上げさせてもらえませんか？」

五助の険しい顔がちらりと浮かんだ。

構うもんか、と心で呟く。

杢兵衛の胸の内に広がる《ごくらくや》の姿は、ただの建物ではない。

そこには人がいた。「こんな店初めてだ！」と歓声を上げ、「ああ楽しかった、また来よう」と、顔を真っ赤に綻(ほころ)ばせて、笑顔で行き交う人がいた。

14

「寄ってらっしゃい、見てらっしゃい！　この世の極楽、《ごくらくや》はこちらでっせ。日が暮れるまでは、お江戸じゃここ《ごくらくや》でしか手に入らない冷やし飴(あめ)もご賞味あれ！　あっ、お峰さん！　与吉さんもお揃(そろ)いで！」

黄色地に黒い縞模様(しまもよう)、虎柄の小袖(こそで)に、虎の耳のついた頭巾(ずきん)を被った杢兵衛が、大きく手を振った。

藍色(あいいろ)の布地に白く〝ひやしあめ〟と書かれた涼し気なのぼりを手にし、腰に風鈴をいくつも括(くく)り付けている。

「与吉さんを連れてきました。どうしても、私と一緒に完成した《ごくらくや》を見てみたいっていうので」

夕暮れどきの人形町は、人の流れが渦のように交ざり合う。

ちょうど数日前に梅雨が明けた。

地面から日中の熱気が立ち上り、今にも陽炎が立ちそうなくらいの猛烈な暑さだ。

黒山の人だかりの中で、杢兵衛の姿は間違いなく一番目立っていた。

「暑い中、ありがとうさんです。ここの道を十歩くらい歩いたところです。あっという間ですからね」

杢兵衛は立ち止まる人に引き札を渡し、次々に《ごくらくや》へ続く道へ送り込んでいく。

「盛況だねえ。ここへ来る途中の日本橋のところでも、《ごくらくや》の冷やし飴を飲みながら歩いている奴らがいましたぜ。冷やし飴ってのはその名のとおり、きんきんに冷えていて身体の熱がさっぱり取れる、生まれて初めて飲む旨いものだってねえ」

与吉が額の汗を拭って、羨ましそうに目を細めた。

「おかげさんで、皆さんえらい喜んでくれてます。ほらその冷やし飴が評判に評判を呼んで、店の中で食事をするのに今からどのくらい待つと思います？　ふた月でっせ？　でもそれでも待つって方いらっしゃるんですから、こらわしも驚きですわ」

杢兵衛に連れられて小道を入ると、《ごくらくや》の店先にずらりと行列ができていた。

「こりゃみんな、冷やし飴目当ての客かい？」

与吉が目を白黒させた。

「今くらいの夕暮れどきが一番並びます。冷やし飴は日暮れまでしか売りません。なんたって、ご近所さんの商売のお邪魔になったらあきまへんからね」

並んだ客の顔は、皆揃って店を見上げている。

「やあ、ありゃ、寿司(すし)だ。こっちは天麩羅(てんぷら)。こっちは……」

「徳利(とっくり)にお猪口(ちょこ)だよ。近くで見なけりゃ、さっぱりわからなかった」

人の囁(ささや)き声の中を、杢兵衛が得意げな顔で通り過ぎた。

「ほらこちら、お江戸の《ごくらくや》となります」

杢兵衛が店の前で両手を広げた。

《ごくらくや》の店の屋根には、大きな張子が載っている。しかし煌(きら)びやかで色鮮やかな提灯(ちょうちん)だったはずの張子は、茶色く塗られて木目が描かれていた。上からは漆を幾重にも塗ってある。もう、中に灯を入れて提灯代わりに使うことはできない。

「随分と、地味な色になったもんだねえ」

「地味ちゃいます。こっちの言葉で言えばお上品、ってやつですわ。お江戸の皆さんとこの人形町の並びに、一番ぴたっとくる《ごくらくや》を、お峰さんに考えていただきました」

李兵衛が峰に目を向けた。

「火事を憂慮することもなく、近所の人に文句を言われることもなく、それでいて《ごくらくや》に皆が興味を持ってくれる看板ってのは何か、って考えてみたんです」

峰は与吉に説明した。

寿司に天麩羅、徳利にお猪口、桜の花弁に雪牡丹。どれもが大きな木彫りの彫像に見える。

かなり遠くから見れば、一見大仏さまか如来さまの立派な像に見間違える。

それが少しずつ《ごくらくや》に近づくにつれて、呑気な形を現していく。まさかそんな馬鹿馬鹿しいものであるはずがない、と疑いながら、この目で確かめずにはいられない。

誰の目にもわかりやすい華やかさに引き寄せられるよりも、皆が知らないもの、皆が見たことがないものの正体を何としてでも知りたがるのが江戸っ子の気質だ。

「初めは、そら驚いたっちゅうか、そんな無茶苦茶な話あるかいって思いましたよ。

でもね、少しずつ出来上がっていく《ごくらくや》を見てたらね、あるとき腹にすとんって落ちるものがあったんですわ。これや、これこそがここお江戸の《ごくらくや》や、ってね。そうなったらもうこれは、たくさんの人にじっくりと見てもらいたくなったんです。店先でうんと安く冷やし飴を売って、たくさん人集めたろかなって」

「なるほどな、確かに俺みてえな年寄りにとっちゃ、こっちのほうがとりあえず目が落ち着くさ。前の店より良く見えるよ。でも杢兵衛さん、あんたはそれでよかったのかい？　上方の《ごくらくや》とはそっくり違う店になっちまっただろう？」

「よかったか、悪かったかって、そんな阿呆なこと訊かんといてくださいよ。答えは皆さんのお顔にありまっしゃろ」

杢兵衛は笑顔で周囲を見回した。

「上方の《ごくらくや》は上方の皆さんのもの、お江戸の《ごくらくや》はお江戸の皆さんのもの。それでいいんとちゃいます？　それがお江戸の〝粋〟ってことでっしゃろ？」

「近所の人は、新しい《ごくらくや》に文句を言って来ませんか？」

峰は《ごくらくや》の周囲を見回した。

看板もなく、入口が奥まったところにある出合茶屋のことだ。店が開いているかどうかさえ、一見するとわからない。

杢兵衛はにやっと笑って冷やし飴の屋台を指さした。

「このへんの茶屋でお過ごしの皆さんには、暑いなか列に並んでもらわんでも、こちらからお部屋まで冷やし飴をお届けさせてもらうって約束させてもろたんです。それでみんなにっこりですわ」

「そりゃ、いい考えだ。これだけ長い列を茶屋の二階から眺めて、自分たちだけ特別扱いってのは、女連れには喜ばれるに違いねえや」

与吉が掌(てのひら)をぽんと叩(たた)いた。

「さあさ、ここが極楽の入口です」

杢兵衛が暖簾(のれん)を潜りかけて、手招きをした。

峰は、一歩遅れて《ごくらくや》の店を見上げた。

色鮮やかで華やかで、どんな遠くから見ても目印になるような《ごくらくや》の張子の数々。茶色く塗り潰(つぶ)してしまうことは、杢兵衛に申し訳ないという気持ちもあった。

だが杢兵衛は背後で目を白黒させながら、それでも一言も口を挟まずに峰の仕事を見守ってくれた。

きっと《ごくらくや》はこれから、お江戸の流行(はや)りを変えるような人気の店になるだろう。若者が《ごくらくや》が上方からやってきたと聞いて、ちっとも知らなかった、と驚くような。

人形町といえば《ごくらくや》だ、と皆が楽し気に口に出すような店になるだろう。《ごくらくや》の柱のように、頑丈で地に根を張った、百年続く店になるだろう。

峰は腰に手を当てて、大きく息を吸い込んだ。

「わわっ！　なんだこりゃ！」

店の中から与吉の素っ頓狂(とんきょう)な叫び声が聞こえた。

「与吉さん、落ち着いてくださいな。これは、偽物の虎さんです。よく見ると笑った顔に見えてきまへんか？　この子が与吉さんを手招きしてくれとるんですよ」

「これがあんたのいう極楽かい？　極楽ってのは、とんでもなく目がちかちかするもんだねえ」

「そうですよ、これがこの世の極楽、わしの《ごくらくや》です」

李兵衛の早口の大声が、夕焼け空に響き渡った。

第二章　猫の柱

1

横大工町に晩秋の涼しい風が吹き抜ける。

お江戸の職人が集まって暮らすこの一角では、よく言えば乾いた土の懐かしい匂いが漂い、悪く言えばいつでも埃っぽい。

峰は芳が淹れてくれた朝茶を飲み干すと、よしっと呟いて立ち上がった。

袖をまとめて紐でたすき掛けに結び、仕事支度を始める。

普請の仕事のない日は、与吉が都合してくれた人夫仕事に出ると決めていた。

今日は日本橋川沿いの鎧河岸に着く船の、紙問屋の荷卸しの仕事だ。

ひとつひとつの荷は、女の峰でも胸の前に抱えることができる大きさだ。しかし腰がめりめり鳴るほど重い。二の腕が悲鳴を上げ、顎のあたりまで痛くなる。

だが背を伸ばして筋を張らせ、吐く息に気を配っていると、みるみるうちに身体が出来上がる。

家の普請は手先の器用さだけでは務まらない。柱を支え、梁を担ぎ、身体を曲げて屋根を押さえなくてはいけない。

日比谷の組屋敷を出て横大工町で暮らし始めてから、ずいぶん身体が軽く滑らかに動くようになったと感じていた。

「ねえ、お峰ちゃん、お峰ちゃん。仕事に出る前に水車を直してちょうだいな。この水車、川の流れに浸けても、ちっとも回らないんだよ」

木の板で作った水車を手にした花が、峰の袖を引っ張って甘えてくる。

「どれどれ、貸してごらん？　ああ、これは歯車を締めすぎだよ。水車っていうのは、こんなにきっちり留めちゃいけない。かといって緩めすぎたら、今度はあっという間にばらばらに壊れて流れていっちまうから、加減が必要だね……」

峰は指先で歯車の螺子を回した。案外固くて、ぐっと奥歯を噛み締める。

「ほら、こんなもんかな」

人差し指で水車をくるりと回して見せた。

「わあ！　やった！」

花が跳び上がった。

「お花、水車なんて、どこから見つけてきたの？」

それまで明かり取りの下で針仕事に熱中していた綾が、ふと顔を上げた。

途端に花は決まり悪そうな顔になる。

「えっと、えっと……」

花の目の先は、屏風(びょうぶ)の裏の行李(こうり)だ。

綾が釣られて目を向けて、「まあ」と呟いた。

行李は与吉と芳の夫婦が使っているものと、綾と花の母娘(ははこ)が使っているものの二つが置いてあった。居候の峰の荷物は、すべて風呂敷(ふろしき)ひとつにまとめて枕代わりだ。

母娘の行李の蓋(ふた)が、歪(ゆが)んで浮いていた。

「お花、勝手に行李を開けちゃいけないって、幾度も言っているでしょう？　この中には大事なものがたくさん入っているんだから、って」

綾が怖い顔をした。

「だって、だって。この間、お母ちゃんが着物を出したときに、水車がちらっと見えたから……」

花は今にも泣きべそを掻(か)きそうな顔だ。

「まあ、いいじゃないか。まだ三つの子だよ。こんな楽しいおもちゃを見つけて、我慢しろってほうが酷だよ。ねえ、お花」

朝飯の片付けをしていた芳が、優しく窘めた。

花の握った水車を覗き込む。

「こりゃ、子供のおもちゃにしては、なかなかしっかりしたつくりだね」

芳が感心したように言った。

「……善さんが買ったのよ。お花が生まれたときに、この子が大きくなったら一緒に遊ぶんだ、ってね」

綾が小さくため息をついた。

「ああ、そうだったかい」

芳が悪いことを訊いた、という顔をした。

「お花、その水車、大事に使うのよ。乱暴に扱って壊したりしちゃ駄目よ。それっきりしかないんだから」

「はーい、お母ちゃん」

花は朗らかに答えた。

その時、戸を叩く音が聞こえた。

「失礼いたします」

妙齢の女の声だ。

「はいはい、ただいま。采配のご用でございますか」

前掛けで手を拭きながら芳が戸口を開けた。

そこには真っ白の小紋姿の女が立っていた。

ひんやりした外の風に乗って、部屋の奥まで強烈な線香の匂いが漂う。

峰はぎくりとして身を強張らせた。

夜通し線香を焚き染めた、白装束の女。この恰好は葬式の装いに他ならない。

「あらまあ、おはようございます」

芳が女をまじまじと眺め、目を白黒させている。

驚いている理由は、客人の不吉な姿形というだけではない。

切れ長の目元に薄い唇。顎が尖った細面に白い肌。お狐さまの石像によく似た、笑っているのか怒っているのか摑みどころのない顔だ。

朝の空気に似合わない、妙に艶めかしい女だ。喪服に合わせて唇に紅は差していないが、どうやら目尻には少し赤みを乗せているようだった。

喪服姿と相まって、何ともこちらに居心地悪い気持ちを抱かせる。

「与吉さんはいらっしゃいますか？　わたくしは、深川永代寺門前町で反物屋を営んでおります藤屋の女将、夕と申します」

夕は細い首を傾げた。

蛇のように滑らかな所作で、ゆっくり動く。口元だけで微笑むと、八重歯が片方覗いた。

「ええと、そのあたりにいませんでしたかね？　お前さん、どこに行ったんだい？　お客さんだよ！」

芳がきょろきょろと周囲を見回しながら、路地に飛び出して行った。

後に残された夕は、部屋の奥で固まっている三人の女に目を向けた。

「まあ、可愛らしいお嬢ちゃん。ごきげんよう」

夕が花に向かって甘い声を出した。

「ほら、お花、お客さんにご挨拶(あいさつ)はどうしたの？」

「おはよう、お姉さん」

花は夕をしげしげと眺める。

「ねえねえ、お姉さん。お姉さんは、もしかして幽霊なの？」

花が線香の匂いを嗅(か)ぐように、鼻先をふんふんと動かした。

「こらっ、お花！」

綾が横目で睨(にら)んだ。

夕がくすっと笑った。

「これはね、お葬式の着物よ。幽霊みたいに怖く見えるかしら?」

袖(そで)を広げて己の着物に目を落とす。薄(う)っすらと織り込まれた薄墨色の柄が広がり、蛾の羽のようだ。

「ううん。綺麗(きれい)だよ。お姉さんにぴったり。いつもその着物を着るといいよ」

「ちょっと、お花! どうも失礼を申し上げて、済みません。たいへんなときに……」

綾が花の尻(しり)をぽんと叩(たた)いた。

「いいえ、ちっとも」

夕はきっぱりと言い切った。

口元に手を当てて、ふふふと笑う。

喪服姿で含み笑いを浮かべる夕の姿は、花の言うとおり、まるで浮世絵に描かれる幽霊女のようだった。

2

芳が戻ってくるまでしばらくかかった。

「お嬢ちゃん、お歌を歌ってあげましょうか。楽しいお歌がいいわねえ」

夕は上機嫌で花と遊んでいる。

線香の匂いを漂わせた白装束の姿で、花と一緒におどけて手踊りをする。

「ぽんぽこぽん、ぽんぽこぽん。そら、お嬢ちゃん、お上手お上手」

そのうち狸囃子(たぬきばやし)を歌い出したときにはさすがに驚いた。

夕の恰好から察するに、近所の大往生の年寄りの葬式にちょっと顔を出した帰りとは思えない。きっとよほど格式ばった——おそらく近い身内の葬式の最中だ。

「お花、綺麗なお姉さんに遊んでいただいて、嬉(うれ)しいわねえ」

綾は強張った笑みを浮かべている。

そうこうしているうちに、ふいにぽつりと雨垂れの音が聞こえた。

雨足はみるみるうちに激しくなる。

綾が天井を見上げた。

「よかった。お峰ちゃんが一緒にいてくれるってことね。雨空のおかげだわ」

雨が降ってしまったら、峰の荷卸しの仕事は先延ばしだ。

綾はほっと息を吐いた。

それからしばらく峰と綾は、お互いちらちらと目くばせを交わしながら、奇妙な客人を見守った。

雨どいを水が流れる音が聞こえ始めた頃、ようやく芳に連れられた与吉が戻ってきた。

「お待たせして済みません。表通りの大家さんのところで、油を売っておりましたよ」

芳が幾度も頭を下げた。

「油を売ってた、なんてのは、とんだ濡れ衣だ。俺は、大家さんとじっくり話して、ここいらで暮らす職人の評判を聞き取っていたんだよ。采配屋にとっちゃ、仕事を頼む相手の人となりを頭に入れておくってのも、れっきとした〝仕事〟だぞ」

「はいはい、ご苦労さまでございます」

芳が手拭いで、与吉の着物の水滴を払った。

「使いをやって、お約束をしてから伺うのが礼儀とは存じておりますが、何せ、急なことで失礼いたします」

夕が身体を横に傾けて頭を下げた。

「いえいえ、お見苦しいところを。さて若奥さま、今日はどんなご相談でいらっしゃいますかい？」

あらかじめ芳から、ざっと話を聞いていたのだろう。与吉が夕の装いにちらりと真面目な目を向けた。

「家の普請をお頼みしたいのです」

夕が己の胸に掌（てのひら）を当てた。

「なんだ、そんな話でしたか。そりゃ、うちは采配屋（さいはいや）ですからね。もちろんやらせていただきます。私ゃてっきり、もっとずっと面倒臭い話なんじゃないかってね……」

「お前さんっ」

芳が睨みを利かせた。

「それで、普請をやるのは、永代寺門前町の藤屋のお屋敷ってことでよろしいですかね？」

与吉が頭を低くたれて帳面を取り出した。大店（おおだな）の藤屋の普請となれば大仕事だ。

「いいえ、拙宅は特に普請の必要はございません。つい数年前に、大きな建て替えをしたばかりでございます」

夕は首を横に振った。

「はあ、それじゃあ、どちらのお宅で？」

与吉が気を削がれた顔をした。

「本所二ツ目にございます、隠居屋敷です。姑がひとりで暮らしておりました家です」

急に夕の顔から、のっぺらぼうのように表情が消えた。

「もしかして、そのお姑さんってのが、このたび亡くなられた……」

与吉が夕の着物にまたちらりと目を向ける。

「ええ、とても良い姑でございました。昨日、通夜を済ませたばかりでございます」

「通夜を済ませたばかりってことは……」

与吉が目を剝いた。

「今日が葬式かい？　跡継ぎの女将なら、やることが山盛りだろう？　こんなところで油を売ってちゃあいけないよ！」

与吉が大声を上げた。

「まあ、油を売る、だなんてとんだ濡れ衣でございます。わたくしは、れっきとした〝お仕事〟で、与吉さんを訪ねておりますのよ」

夕が先ほどの与吉の言葉を重ねて、含み笑いで受け流した。

「ええっとな……」

与吉は首を捻っている。

「ここだけのお話、藤屋の商売はそう順調というわけではございませんの。数年前に夫が怪しい采配屋の口車に乗って、古い店と屋敷をすべてそっくり建て替えました。その際に大きな借金をこしらえましてね。日々の商売の儲けだけでは、赤字が重なる一方でございます」

夕は声を潜めた。

「何だって？　家の普請の時期ってのは、そこに住んでいる人が決めるもんさ。わざわざ外からやってきて、見た目がどうとか、そろそろ屋根の張替えがとか、ひどい奴になるとこのままじゃ早々にこの家は住めなくなりますよ、なんてね。そんな脅しをかけてくる采配屋ってのはろくなもんじゃないよ」

与吉が急に滑らかな口調になった。

「わたくしもそう思いますとも。夫は幼い頃から藤屋の跡取り息子としてそれはそれは大事にされていた、世間知らずの坊ちゃん育ちです。采配屋もそれをわかっていて、まずは姑を口説き落としましてね。そうなってしまったら、あの人たちはわたくしの忠言なんて聞き入れやしませんよ」

夕がうんざりした顔をした。

「それで、お姑さんの隠居屋敷のほうを処分して金に替えなきゃいけない、って。そういう話だね」

与吉の先ほどまでの慇懃（いんぎん）な口調が、嘘のように消えている。

「ええ、普請で家の様子を整えていただき、一刻も早く売りに出さなくてはと思っております」

「そういうことならわかりました。力にならせていただきましょう。一刻も早く、ね」

与吉が胸を張った。

「ただ、ひとつ。お夕さんに、先に伝えておかなくちゃいけねえことがありますよ」

与吉が人差し指を一本立てた。

「お姑さんは、本所のその屋敷で亡くなった、ってことだね。仏さんが見つかったときの様子によっちゃ、普段の普請からは比べ物にならないくらい金がかかる。場合によっちゃ、作事の大工を頼んで建て直したほうが早いかもしれない。そこんところは、あらかじめ了解していていただけますかい？」

「見つかったときの様子……でございますか?」

夕はきょとんとした顔をしてから、すぐに、若い娘のようにぷっと噴き出した。

「与吉さん、きっと勘違いをされていますわ。姑は亡くなった次の朝一番に、夫が見つけました。腐臭もなければ、人の形に床を汚していることもなかったと聞いております。もっとも、わたくしはそんな縁起の悪い場所、見てもおりませんが」

夕はどぎつい言葉を、あっけらかんと言い放つ。

峰は思わずぎょっとして花を振り返った。

「そ、そうですかい? ならいいんですがねえ」

さすがの与吉も気圧（けお）された様子だ。

「では雨が上がりましたら、早速、夫と一緒に本所の隠居屋敷をご案内いたします。どうぞよろしくお頼み申します。お嬢ちゃん、またね」

軽い足取りで夕が去ってからも、線香の匂いがいつまでも残った。

「……あの様子じゃあ、生前のお姑さんと、相当やり合ったね。もしかしたら亭主は、お夕さんが葬式を抜け出して普請の相談に来ていることさえ、知らないんじゃないかい?」

芳がおお怖い、と身を縮めた。

「でも、お夕さんは、良いお姑さんだった、って言っていましたよね」

峰は首を傾げた。

「お峰ちゃんは、素直すぎるわよ。ほんとうに良いお姑さんだったなら、いくらお金に困っていたって、喪の明けないうちから思い出の残った屋敷を売り払う算段を始めるはずがないわ」

綾が目を輝かせて話に乗ってきた。

「面倒ごとにならなきゃいいけどな」

与吉が腕を組んだ。

「お前さんが、話を請けたんだろう？　一刻も早く、なんて恰好(かっこう)つけちゃってさ」

「胡散臭(うさんくさ)い采配屋に騙(だま)されて借金をこさえて……なんて話を聞いちゃ、黙っちゃいられねえさ。ああやって流しで人の家に押し掛ける奴らは、耳が早いんだよ。お夕さんがうちを探しに来てくれなきゃ、葬式が出た家だ、って聞きつけて、ろくでもねえ奴らがどんどん押し寄せてくるぜ」

与吉は渋い顔で手洟(てばな)をかんだ。

長屋の天井に、ぼつぼつと大粒の雨音が落ちる音が聞こえた。

3

「これはこれは、ご主人、お初にお目にかかります。私は采配屋の与吉、こちらは普請をさせていただきます職人の峰でございます」

「どうぞよろしくお願い申します」

峰は深々と頭を下げた。

「女の職人さんですか……」

仕立ての良い鮫小紋姿の小柄な男が、何か言いたげな顔をした。

傍らの夕に目を向ける。夕は亭主の様子に気付いているのに見向きもしない。

「お峰さんには先日、お目にかかりましたわね。まさか職人さんとは存じませんで、ご挨拶もなく失礼いたしました。散らかった、女のひとり住まいでございましたので、同じ女の方にお頼みできるならむしろ安心でございます」

夕は動じる様子もなく、峰に親し気な笑みを浮かべた。

「普請の先は、こちらですかい？　これはずいぶんとご立派なお屋敷で……」

与吉は顔を上げた。

鬱蒼とした庭木に囲まれた、瀟洒な平屋のお屋敷だ。

周囲の家の数倍の広さはある。隠居屋敷にするには勿体ないくらい大きな家だ。

本所二ツ目は、永代寺門前町のような人通りの多い賑やかな場所からは、小名木川を挟んで少し離れている。

かといって人里離れた山奥ではない。近くに新義真言宗の触頭江戸四箇寺の一つである弥勒寺があるので、路地には行商も行き交い活気がある。

永代寺門前町からは大人の足なら半刻くらい。道中に坂道はなく、老人でも散歩がてら藤屋の店先にちょいと顔を見せることができる。

隠居先にするには勿体ないくらい良い立地だ。

「私は藤屋伊左衛門と申します。こちらの隠居屋敷には私の母がひとりで住んでおりました。母はお夕に藤屋を任せたことをきっかけに、三年ほど前からこちらの家に移りました」

「お義母さんは、わたくしがこの家に嫁ぐずっと前から、ひとりで暮らしたいとおっしゃっていらしたと聞きましたが。〝小うるさい〟大所帯から抜け出して、ひとりでのんびり朝寝を楽しみたいと」

夕が険のある声を出した。

「朝寝を楽しむ……だなんて。母さんのことを、そんなだらしない人のように言ってはいけないよ」

伊左衛門が気弱な声で言い返した。

「わたくしは、女中頭から聞いた言葉をそのまま申し上げただけです。あなたこそ、わたくしをそんな意地悪な嫁のように……」

「まあまあ、それでは、早速、中を案内していただきましょう」

与吉が割って入った。

夕と伊左衛門はお互い不満げな顔をしながら、鼻から大きく息を吐いた。

「やあ、猫がいますね。こりゃ、可愛らしい。うちの孫娘は猫が好きでね。路地で見かけたら、いつまでも後をくっついて歩いていきますよ」

場の雰囲気を和ませようとしてか、与吉が庭先を指さした。

繁みの中から大きな三毛猫が、こちらを見つめている。

「お嬢ちゃんが猫を欲しいなら、いくらでも持って行ってくださいな。魚みたいに網でごっそりまとめてね」

夕が唇を尖らせた。

「へっ？」

与吉が素っ頓狂な声を出した。

「さあどうぞ。こちらでございます」

　伊左衛門が先を進んだ。

「うわっ。猫だ！　こんなにたくさん！」

　峰は思わず声を上げた。

　立派な冠木門（かぶきもん）から一歩足を踏み入れると、庭先にはさまざまな柄の十匹近い猫が寝そべっていた。

　皆、日向（ひなた）で陽ざしをじっくり浴びて、己の毛並みの手入れに余念がない。

「ここにいるのはほんの一部です。まだまだ、これだけではございません」

　夕が庭の猫を睨（にら）み付けた。

　広い玄関から家の中に入ると、むっと魚の臭いが漂った。

「にゃあ」

　いらっしゃい、とでも言いたげな様子で奥からひょっこりと顔を出したのは、まだ若く手足が長い黒猫だ。

「まあ、どこから上がり込んだのかしら。戸はすべて閉じておいたのに」

　夕がしっしっ、と声を出して黒猫を追い払った。

　黒猫が動じる様子がないので、ぱちんと両手を打ち鳴らす。

大きな音にさすがに驚いた様子で、黒猫はさっと飛びのいた。

そのまま一目散に廊下を駆けていく。と、同時に家のあちこちから勢いよく逃げ去る足音が聞こえた。

足音の様子からすると、この家に上がり込んでいたのは一匹や二匹ではないだろう。

「義母は、猫ぐるいでしたの。毎日、魚屋であらをたくさん買い込んできては、猫たちに与えるものですから、この家にはとんでもない数の猫が居着いてしまいました」

夕が皆の履物を揃えながら、うんざりした顔をした。

「猫ぐるい、なんて言い方は違うぞ。母さんは、腹をすかせた猫を見て、放っておけなかったってだけで……」

「はいはい、それでは、猫の〝お救い婆さん〟とでも申しましょうか」

「〝婆さん〟って、そんな言い方は……」

「わたくし、何か変なことを申しましたか？　お義母さんの齢(とし)で、孫のいらっしゃる方はみんな〝お婆さん〟と呼ばれていらっしゃいますけれどねえ」

夕が伊左衛門に向き直った。

「はいっ！　それでは、勝手にお屋敷の中を見させていただきますよ。お峰、一緒に来い」

与吉が大きな声を出した。

「はいっ」

峰は与吉の後に続いた。庭に面した長い外廊下を進む。

「まずはどこを見ようか」

「家主のご隠居さんが亡くなった寝室でしょうか」

庭では繁みから顔だけ出した猫たちが、警戒した様子でこちらを窺(うかが)っている。

「いや、猫のいる家は何よりも先に柱だ。まずは家の真ん中にある、大柱の調子を検分するぞ」

与吉は天井に顔を向けた。

「なんですって⁉　あなたはそうやって、いつだってわたくしがすべて悪いとおっしゃるのね！」

玄関先から、夕の金切り声が響いた。

4

広い屋敷の天井の梁を辿りながら、ようやく家の真ん中の大柱に着いた。

与吉が大きなくしゃみをした。

「嫌だね、鼻がむずむずするよ。きっとここいら一帯、猫の毛がびっしり飛んでいるに違いないさ」

与吉は鼻先をぐいっと手の甲で拭って、床の間へ近づく。

「こりゃひどいな。思ったとおりだ」

庭に面した客間にある、広い床の間の柱だ。

「あっ」

与吉の背後から覗き込んでいた峰は声を上げた。

屋敷の中で一際太く立派な大柱だ。左右にわずかに傾ぎながらも、真ん中の芯は小気味よいくらいまっすぐに空に向かう。

木目や節を絶妙に残して見栄えにも気を配った、見事な一本柱だ。

その大柱に、数えきれない量の爪跡が刻まれていた。柱の一部はかなり削り取られてえぐれてしまっている。

「これがぜんぶ、猫の仕業でしょうか。あんな小さい身体で……」

「婆さんが己の爪で柱をがりがりやってたとしたら、大の男も震え上がる怪談だ」

与吉が面白くもなさそうな声で言った。

馬の毛並みのように明るい茶色の木肌に、真っ白い爪跡はよく目立つ。

爪跡はちょうど峰の膝の高さあたりに集中している。木屑がささくれて飛び出してきたところを、さらに力任せにばりっと引っ掻いたのだろう。

「猫のいる家は、これだから厄介だ。あいつらは家の中で一番上等な大柱を選び出して、そこで爪とぎをしやがる。きっと、良い柱はよほど〝手ざわり〟がいいんだろうさ」

与吉は柱を撫で上げて、「ひでえことをしやがる」と呟いた。

「この屋敷を売るってんなら、家中そっくり替えなくちゃいけませんね。畳も、襖も、爪跡だらけです」

峰は部屋にぐるりと目を向けた。

「そうだな。だが、畳も襖も、古いものを取っ払って新しいものを持ってくりゃ、何とかなるさ。お峰がまず先に手をつけなきゃいけねえのは、柱だ。柱は、家を建てるときの作事の手順の第一歩だ。ここに恰好がつかなけりゃ、この家はいつまでも襤褸屋の猫屋敷のままだよ」

「柱を直す、ってことですか……」

峰は両腕を前で組んで、爪跡だらけの無残な柱をじっと眺めた。

「あら、与吉さん方、こちらにいらっしゃいましたか」

夕がぎょっとするような大きな声を出して、客間へ入ってきた。

顔には笑みを浮かべてはいるが、頬が真っ赤で声は上ずっている。

まだまだ夫婦喧嘩(げんか)の真っ最中だろう。

「何かおわかりになりましたか？」

与吉と峰の目の先を辿って、夕は柱に顔を向けた。はっと息を呑(の)む。

「柱がこんなに削れて！　このままじゃ、今にも屋根が落っこちてきそうな様子じゃありませんか。まったく、お義母(かあ)さんって人は、どうしてこんなになるまでほったらかしに！」

夕が頭を抱えた。

「いやあ、そこまで深刻な話、ってわけじゃあないかもしれませんぜ。確かに見栄えはずいぶんと悪くなっちまいましたがね……」

与吉が、夕の大仰な反応に気まずそうに口を挟んだ。

「お夕、どうしたんだい？」

既にげんなりと疲れた顔をした伊左衛門が、廊下から恐る恐る声を掛けた。

「あなた、ご覧くださいな。お屋敷の大黒柱がこんな有様でございますよ！」

夕が目元を吊り上げた。

「……猫たちが爪とぎに使ってしまったんだな。勿体ないことをするもんだ」

伊左衛門がこくんと頷いた。

「猫らにその勿体ないことをさせてしまったのが、お義母さんですよ！　わたくしたちがせっかく用意して差し上げた隠居屋敷をわざと滅茶苦茶に汚く使って、簡単には次の買い手が付かないようにと、意地悪をしているんですわ」

「母さんはそんな人じゃないよ」

夕の顔が般若に変わった。

伊左衛門がぞくりと身震いをした。

「い、いや、そりゃ母さんは、お夕のようにお客の評判になるような美貌があるわけでもなく、芸事を楽しむ粋な性根があるわけでもないさ。あの人は、難しいことは何も考えちゃいないよ。ただ善かれと思って……」

「もうその話は聞き飽きました」

夕がぴしゃりと撥ね除けた。

ただ伊左衛門のお世辞に少々気を良くしたのか、般若の皺は消えている。

夕は思案深げに眉（まゆ）を顰（ひそ）めてから、何か心に決めたように小さく頷いた。

「与吉さん、普請を手掛けていただくにあたって、もうひとつお願いがございます」

「はいはい、何なりと」

与吉は、ははあっと低頭した。

「この家から、猫たちをきれいさっぱり追っ払っていただきたいんですの。子供に配っても、山に捨てても、三味線屋を呼んでも……。やり方はお任せいたします」

「えっ、お夕、それはいけない。母さんが大事にしていた猫たちだよ」

伊左衛門が一歩前に踏み出した。

「それでは、皆、まとめて藤屋に連れて帰りましょうか。新しい屋敷の柱は、ここのものより、なぜだか安っぽく細っこかったような気がいたしますが。屋根が頭の上に落っこちてくる羽目にならないとよござんすね」

夕は早口で捲（まく）し立てて、庭の猫たちを睨（にら）み付けた。

5

「お峰、面倒臭いと思っていやがるだろう？　こっちは頭の中身をまとめて普請の算段を始めたいってのに、横であんなふうにぎゃんぎゃんと大騒ぎされたら、気が散るだろう、ってな」

神田へ戻る帰り道、与吉がこちらに横目を向けた。

「そんな、ちっとも面倒臭いなんて……」

峰が取り繕っているのは、与吉にはすべてお見通しだ。

与吉が顔を顰めてしたり顔で笑ったので、峰も釣られてため息をついた。

「夫婦喧嘩ってものを、生まれて初めて間近で見ました。なかなか迫力があるものですね」

「柏木様のところは、仲睦まじいご夫婦だったからな」

与吉が急にしんみりした顔をした。

「母上……いや、おっかさんは身体の弱い人だったので、お夕さんみたいに頭にかあっと血を上らせたら、ぶっ倒れちまいましたよ」

わざと乱暴に答えた。

「お峰、人さまの家の中に入るってのは、胸の内に入ることと同じことだ。家の普請をしていりゃ、これからこんな場面に嫌ってくらい出くわす羽目になる。いちいち気を乱されていたら身体が持たねえ。かといって、見えない聞こえないって背を向けりゃうまく行くってわけでもねえ」

与吉が峰の顔を覗き込んだ。

「金を出すのが誰か、ってだけ算段して、その相手の言うことだけ聞いてお世辞を重ねてりゃ、仕事は簡単さ。やる気のない職人はそうやって受け流す。でも、お峰、お前はそれで終わっちゃいけねえぞ」

与吉の目が鋭く尖（とが）った。

「はいっ」

峰は背筋をまっすぐ伸ばして頷いた。

それで終わっちゃいけない。だがその先は、己の頭で考えろということだ。

胃の奥がきゅっと縮まる気がしたが、大きく息を吸って、大きく吐いた。

「与吉さん、与吉さん、失礼します」

すぐ背後から声が聞こえて、驚いて振り返った。

「先ほどは、お見苦しいところを……」

頭を掻（か）いているのは伊左衛門だ。

夕に何だかんだと言い訳を繕って、慌てて追いかけてきたのだろう。息が上がって額に汗が滲（にじ）んでいた。

「これはご主人、どういたしました？」

与吉が朗らかに応じた。

ちらりと峰に目を走らせる。

「妻が申し上げた猫のことでございますが。あれは、どうぞ聞かなかったことにしてやってください。母が大事に可愛がっていた猫たちです。子供にやるならまだしも、山に捨てるだとか、ましてや三味線にするなど……、そんな恐ろしいことはどうぞご勘弁ください」

伊左衛門が子供のように勢いよく頭を下げた。

「では、猫はそのまま何もせず、ということでよろしいですか」

与吉が念を押した。

「はい、そのまま、何もせず……でお願いいたします」

伊左衛門は慎重に答えた。

「お夕さんはご承知で？」

「まさか！　妻に知られたら、どんな目に遭うことやら！」

伊左衛門は大きく首を横に振った。

「それじゃあこちらも、はい承りました、ってわけには参りません。ご夫婦でじっくりお話し合いを持たれてくださいませ。そのお返事を聞くまでは、大事な猫さんたちを勝手に追っ払うような真似はしません、とだけはお約束いたしますよ」

「夫婦での話し合いか……」

伊左衛門が悲痛な表情を浮かべた。

「お峰さんって言いましたね。見たところ、あんたはまだ独り身だね？　私たち夫婦の姿は、さぞや滑稽に見えるでしょうね」

伊左衛門が苦笑いを浮かべて峰に向き合った。

「えっ、そんなことは……」

峰が目を見開いて言葉を探していると、伊左衛門が力なく左右に首を振った。

「所帯なんて持つもんじゃないよ、ってそう恰好つけたいものだけれど。なぜか母さんが亡くなってしまうまで、離縁を決める勇気もなく、だらだらとここまで来てしまいました」

「お夕さんとは、惚れ合ってのご縁でいらっしゃいますか。目も覚めるようなお美しい方で、羨ましい限りでございます」

与吉の言葉に、伊左衛門が顔を上げた。

「お夕は、芸妓上がりで、商家の娘に琴を教えていた女なんです。艶やかな顔かたちなのに年増になっても男に頼る様子は微塵もなく、独り身を貫いていたのが恰好良くてね。私が一目惚れをして、どうしてもと頼み込んで嫁に来てもらいました」

伊左衛門の鼻の穴が得意げに膨らんだ。

「どうりで、気のしっかりした奥さまでいらっしゃいますね」

「お夕は私よりも、はるかに商いの才のある女です。客にはお夕さんの言うことなら、って厚く信頼され、使用人にも慕われて、今ではお夕がいなくては、藤屋は回りません。そんなところに私はとても感謝しているんです。ですが……」

伊左衛門の顔が急に曇った。

「母との折り合いがどうにも悪くなってしまいました。母は父に従いずっと働きづめだった、地味で朴訥な人です。ほんの少しの言葉の行き違いが起きて、お夕といがみ合うようになってしまったんです。嫁入りの当初は、お互い文句を言いながらも表立っては仲良く過ごしてくれていたものですが……」

「どちらもちっとも悪くはない。嫁と姑の仲とは、ままならないものでございますな」

与吉が訳知り顔で頷いた。

「母が隠居屋敷に出てしまうことになったきっかけは、三年前にお夕が身籠ったことでした。私たちは子を持つことは半ば諦(あきら)めておりましたので、母は文字通り飛び跳ねて喜びました。お夕もすごく嬉(うれ)しそうで、母と二人仲良く赤ん坊の支度をしたりと、微笑ましい姿を見ることができていましたが……」

伊左衛門は肩を落とした。

「残念ながら子は流れてしまいました。その際に母は、とんでもなく余計なことを口に出してしまったんです」

伊左衛門が言葉を切った。

「女だったら苦労する。生まれなくてよかった、とね」

「そんな、ひどい……」

峰は思わず呟(つぶや)いた。

伊左衛門の母は子を失って嘆き悲しむ夕の姿に、女に生まれる身の哀しさを想ったのかもしれない。

夕と同じくらい孫が生まれるのを心待ちにしていた祖母が、ひどく落胆する中で己に言い聞かせるように放った言葉だと思えば、まだ気持ちもわからなくもない。

しかしそんな無遠慮な言葉を聞かされて、夕の胸にどれほど深い傷が刻まれたかも、同じくらいわかる。

「それからお夕は、店に出ているときを除いては、ひとり部屋に籠って琴を爪弾く毎日で。母はおろか私が部屋に近寄ることさえ許しません。廊下ですれ違っても、母の姿さえ見えていないように振舞います。母はすっかり気落ちしてしまい、隠居暮らしを決めました。そして私が月に一度、久しぶりに訪れるときを待っていたように、ひとり寂しく亡くなってしまったんです」

伊左衛門は心底悲しそうに顔を伏せた。

6

「おはようございます。普請の峰でございます。あれっ？」

峰は頑丈な梯子を小脇に抱えて、首を傾げた。

隠居屋敷の門が開いていた。あれだけたくさんいた猫の姿が、庭のどこにもない。

庭に面した障子もすべて開け放たれている。門から玄関先に向かうまでの数歩で、屋敷の中が隅から隅まで丸見えだ。

覗き込むと、客間の床の間に梯子がかかっていた。

先に来た誰かが、この家で普請を始めているのだ。そんな話はまったく聞いていない。

「そこにいるのは、いったい誰だい？」

峰は眉を顰めて声を掛けた。

何が何だかわけがわからない心持ちで、縁側から屋敷の中へ入る。

日陰の冷たい風に乗って、新しい木材と人の汗、奥に潜むほのかな煙草の匂いを感じる。

職人が己の仕事に没頭して働く、作事場の匂いだ。

「何の用だ？」

鋭い声に身を縮めた。

梯子から音もなくするすると下りてきたのは、五助だ。

天井裏で長い間窮屈な姿勢を取っていたのだろう。藍色の半纏の背が汗で丸く色が変わっていた。

「五助さん。どうしてあんたがここに？」

「どうしてって、藤屋の女将に頼まれたのさ。『私が言うとおりのものを、私が言うとおりに、一刻も早く作ってくださいな！』ってな」

依頼に来た夕の真似をしているのだろう。五助が鼻先に皺を寄せた、般若の恐ろしい顔をして見せた。

「そんな、だってここの普請は、私が頼まれた仕事だよ。つい先日だって、与吉さんと一緒にこの屋敷を案内してもらって……」

呆気(あっけ)に取られた気持ちだ。

掌(てのひら)を額に当てて、周囲に目を巡らせる。

「女将にとっちゃ、己の決めたことに旦那(だんな)が横槍(よこやり)を入れてきたのが、どうしても気に喰(く)わなかったようだな」

五助が横目でこちらをちらっと見た。

「もしかして、猫の話かい？　お母さんが大事にしていた猫を追い出すような真似はしないでくれって、伊左衛門さんが私たちに頼んだ、ってのがもうそれだけで気に喰わなくて……」

五助が、ふんっと鼻で笑った。

「理由がわかったら、もういいだろう。お前の仕事はここにはないさ。女将はお前が来たら、帰りに藤屋に寄れと伝えてくれってさ。きっと駄賃くらいは用意してくれているだろうよ」

五助は峰にくるりと背を向けた。

「ちょっと待っておくれよ。そんな勝手なことって……」

夕の艶めいた横顔が胸に浮かんだ。

伊左衛門が勝手な真似をしたことは、夕にとっては怒り心頭に発するようなことだったのかもしれない。だが、峰に断りも入れずに、五助に新たに普請を頼んでしまうなんて、いくら何でも勝手すぎる。

伊左衛門は、夕は藤屋の女将として皆に頼られていると話していた。だが、この調子の気分屋では伊左衛門の話はどこまで本当か怪しいものだ。

峰は鼻から大きく息を吐いた。

手早く仕事を進める五助の背に目を向けた。

五助は己の腕ほどの太さの木材を、床の間の大柱の周囲に立てていく。玉の汗を落としながら天井を見上げて、梁の継ぎ目に木材の突先を当てる。仮の柱だ。

いつの間にか目を奪われていた。

屋敷の真ん中の一番大きな柱を立て直すのは、かなり大がかりな仕事だ。

まずは、取り替えなくてはいけない柱の周囲に、細い仮の柱をいくつか立てる。細い柱で屋根を支えることができると確認してから、初めて大柱を取り去り、新しい大柱を立てる。

建物を支える一番大事な要になるところを、ほんの少しの間でも取り去ってしまうのだから、仕事には細心の注意が必要だ。

仮の柱を打つ加減をちょっと間違えるだけで、家がぺしゃんこに潰れてもおかしくない。

五助の手元を見つめながら、幾度も息が詰まるのを感じた。

己の頭の中で描いた手順と違う。場所が違う。加減が違う。

だがしかし間違っているのは、いつも峰の算段だ。五助の腕には寸分の狂いもない。

五助は後戻りなど決してしない。すべて一度きり、最初の一回で、適切なところに適切なものを置く。

己の身に付いた技では、決してこの男には敵わないと思い知らされる。

峰ではなく五助に仕事を頼んだ夕は、間違っていない。

そう思うと、みるみるうちに気持ちが萎れていくのを感じた。

「にゃあ」

遠くで聞こえた猫の鳴き声に、はっと顔を上げた。

「そうだ、五助さん。猫たちはどこへ行ったんだい？」

「どこって、餌でおびき寄せて、裏の納屋に閉じ込めてあるさ。猫が足元をうろついてちゃあ、仕事にならねえからな」

五助がつまらなそうな声で答えた。

「閉じ込めている、って、これから猫たちをどうするつもりなんだい？」

峰は前のめりになって訊いた。

「そんなこたあ、女将がちゃんと考えているんだろうよ。俺の仕事じゃねえさ」

「山に捨てるとか、三味線屋に売り飛ばすとか、そんな話は聞いているかい？」

五助の手が止まった。

「……知らねえな」

「あの猫たちは、この家に住んでいたご隠居さんが大事に可愛がっていたんだよ。ご隠居さんと、お嫁さんのお夕さんとの仲がうまく行かなかったからって、猫たちには何も罪はないさ」

「へえ、そうかい」

五助が低い声で言った。

「だが俺にはそんなこたあ、何も関係ねえさ。仕事の邪魔だ。早く消えな」

五助は峰に冷たい目を向け、顎をしゃくった。

7

人ごみを縫って辿(たど)り着いた藤屋の店先は、泥跳ねひとつなく掃き清められていた。

永代寺だけに限らず、寺の門前町は押し並(な)べて足場が悪い。

海辺を埋めたひ弱な土地だったところに寺を建て、参拝の人々の足で土地を踏み固めさせようというお上の計らいだ。

土地の根っこがぬかるんでいるので、豪華な屋敷を建てる金持ちの家ほど修繕に手がかかる。

外からはわからなくとも、湿気による黴(かび)や柱の傾きに憂慮しながら住んでいる家も多く、あくどい采配屋(さいはいや)たちにとっては恰好(かっこう)の獲物だろう。

つい数年前に建て替えられたという藤屋の屋敷は、どこもかしこも真新しく煌(きら)びやかだ。

これほど大きな屋敷ならば、気になり始めたところに少しずつ普請を入れて、不具合を直しながら住むのが当たり前だ。

この作事でどれほどの金を毟(むし)り取られたかと思うと、夕の般若の顔の理由もわかるような気がした。

「ごめんくださいい、女将のお夕さんはいらっしゃいますか」

店先の掃除の小僧に声を掛けた。

藤屋の客ではないのだから、暖簾(のれん)を潜って正面から入るわけにはいかない。

「はいっ、どちらさまでございましょう?」

〝女将〟と聞いた途端、小僧は背筋をしゃんと伸ばして答えた。

声変わり前の高い声で、淀(よど)みなく丁寧な言い回しをする。

「普請の峰が来たとお伝えくださいな。本所のご隠居さんのお屋敷の件で、ちょっと喰い違いがあったみたいでね」

「……大奥さまのお屋敷のことでございますね。わかりました、女将にお伝えいたしましょう。しばしお待ちくださいませ」

小僧ははっと息を呑(の)んでから言った。顔にちらりと影が差す。

「お待たせいたしました。女将(おかみ)は奥でお待ちです。こちらからどうぞ」

少ししてから戻ってきた小僧が、横道の奥にある勝手口を手で示した。

「ごめんください」

勝手口の戸を開けると、家の中には新しい木の匂いがわずかに残っていた。

「お峰さん、お待ちしておりました。このたびはたいへんなご無礼お許しください。

こちらはお手間を取らせたお詫びでございます。どうぞお収めくださいませ」

勝手口の小さな框で、夕が端座をして待ち構えていた。

今にも泣き出しそうな声で、肩を落として金の包みを差し出す。

「……は、はあ」

文句のひとつも言いたいくらいの心持ちだったところを、夕の殊勝な態度に気が削がれた思いだ。

手にした包みのあまりの重さに、思わず中を改めた。

「いや、女将さん、こんなにたくさんいただけませんよ。日銭の分だけでじゅうぶんです」

峰は慌てて包みを押し返した。

「いいえ、いいえ。お返しいただくわけには参りません。迷惑料と思ってお収めくださいませ」

夕は強固に首を横に振る。

「あっ」

押し問答をしていたところで包みが床に落ちた。丁銀がざっと玄関先に散らばった。

「拾いますよ」

峰は手早く丁銀を集めて、夕の手に返した。

「……申し訳ありません」

夕はため息をついた。涙をこらえるように口をきゅっと結ぶ。

「お夕さん、何があったか話していただけませんか」

峰は夕の顔を覗き込んだ。

「人の流れが多い門前通りだってのに、藤屋の店先は綺麗に掃き清められて、使用人の躾も行き届いていました。お夕さんが藤屋を守るためにどれほど気を研ぎ澄ませて働いていらっしゃるか、私にはよくわかります」

夕が顔を上げた。

「この丁銀だって、わざわざ酢で磨いて綺麗にしてくださったものでしょう？　そんな気配りのできるお夕さんが、どうして急に私たちの約束を反故にするなんてこと……」

「仕事の邪魔だ。早く消えな」と険しい顔をした五助の姿が胸を過る。

急に物寂しい気持ちが湧いた。

家族の想いの入り乱れたご隠居の猫屋敷が、真新しく気持ちの良い家になるのを、この目で見たかった。

己で思っていた以上に、夕の、伊左衛門の、そして亡くなったご隠居の役に立ちたかったのだと気付く。

「お峰さんは猫を飼ったことがございますか？」

「えっ？」

訊き返すと、夕は小首を傾げた。

「野良猫に残り物をやったことくらいはありますが……。家に入れて一緒に暮らしたことはありません」

峰は目を白黒させて答えた。

「猫は、嫌なことがあると大暴れをいたします。癇癪（かんしゃく）を起こしたわけでもなく、暴れまわって困らせようというわけでもなく、ただその場から逃げるためだけに」

夕が寂しそうに笑って、己の手の甲を撫（な）でた。

「姑（しゅうとめ）のことになりますと、わたくしは己が猫になったような気がしますの。ただこの場から逃げ出さなくてはと思って、何が何やらわからなくなってしまいます。ただ後先考えずに、かあっと頭に血が上って、頭が真っ白になってしまいます」

夕が虚空をばりばり、と引っ掻（か）く真似をした。

爪の先にはいつも伊左衛門がいるのだろう。

「姑が亡くなったら、気が楽になるとばかり思っていました。それなのに、変わらず胸が苦しいままなのです。夫が実の母親を失って、気落ちするのは当たり前です。ですがわたくしは、その悲しみに寄り添うことさえできません」

夕が己の胸に掌(てのひら)を当てた。

「己の非情さにぞっといたします。亡くなった姑を今もなお憎んでいる己の心は、まるで化け物になってしまったような心地がいたします」

瞳(ひとみ)に涙の膜がかかった。

「だから一刻も早く、本所のお屋敷を手放したいと思われているんですね」

「わたくしはもうこれ以上、姑のことで夫と言い合いを続けたくはありません。早く普請を終えて屋敷を売り払い、あの人のことはすべてきれいさっぱり忘れてしまいたいのです」

指先が震えていた。

「わたくしの我儘(わがまま)で与吉さんとお峰さんを振り回してしまい、申し訳ありません。どうぞご理解くださいませ」

夕は暗い顔をして、深々と頭を下げた。

8

駆け足で戻ったので、本所の屋敷の門はまだ開いていた。夕暮れまでにはもう少し間がある。間に合ってよかった。

峰はほっと息を吐いた。

「ごめんください」

声を掛けるが返事はない。障子が開け放たれた屋敷の中を覗き込む。床の間にかかった梯子の足元には、大工道具が広げられたままになっていた。

五助が作事の場を散らかしたままで家に帰る、いい加減な職人とは思えない。

峰は周囲を見回しながら裏庭に向かった。

裏庭の納屋の戸が細く開いていた。

隙間に顔を押し当てて、中を覗く。

「誰だっ！」

響いた鋭い声に、身体が強張った。

勢いよく戸が開く。

「なんだ、お前か。何の用だ」

眉間（みけん）に険しい皺（しわ）を寄せた五助の目が、峰の手元で止まった。

「閉じ込められた猫たちに餌を持ってきたんだよ。腹をすかせちゃかわいそうだ、って思ってね。でも、杞憂（きゆう）だったようだね」

峰は網で包まれた魚のあらを示して見せた。ここへ来る途中に棒手振（ぼてふ）りの魚屋を見つけて頼み込み、わざわざ店に取りに戻ってもらったものだ。

だが納屋の足元では、さまざまな柄の猫たちが一心不乱に小魚に喰（く）らいついて、食事の真っ最中だ。猫の数は二十を軽く超えている。同じくらいの数の小魚が、ちゃんと用意されているようだ。

「猫らの鳴き声がぎゃあぎゃあうるさくて、仕事になりゃしねえのさ」

五助が顔を背けた。

納屋の隅には布団代わりの襤褸（ぼろ）布が、きちんと畳んで置いてあった。

「ねえ五助さん、この猫たちはどうなっちまうんだろうね」

峰は一匹の縞猫（しまねこ）の顎（あご）を撫でた。

縞猫は暗い納屋に半日も閉じ込められたというのに、機嫌良く目を細めている。よほど人馴（ひとな）れしているのだろう。

「この屋敷を売っ払う、ってんなら、追い出す以外に道はねえさ。こんなにたくさんの猫らが隙を見ちゃ屋敷に上がり込もうとしている家なんざ、誰が買うんだ？」

　五助が唇を尖らせた。

「猫が大好きで、喜んで猫屋敷に住みたい人、ってのは、いないもんだろうか」

「猫ってのは柱で爪を研ぐからな。猫がいる家は傷んで仕方ねえ。己が気に入って飼い始めた猫ならともかく、知らない婆ぁが拾い集めてきた奴らのために、しょっちゅう修繕の金を積もうなんて酔狂な奴はそういねえさ」

　五助は鼻息を吐いた。

「ご隠居さんは、家族と離れて寂しかったのかな。だから代わりに猫たちをこんなにたくさん……」

「案外、恐ろしい嫁に気を遣うこともなくなって、気楽に暮らしていたかもしれねえぞ。ひとり暮らしなら、どれだけたくさん猫を飼っても、いくら音を出しても、文句を言ってくる家族はどこにもいねえしな」

　五助が、通りかかった白猫の背をぽんと叩いた。

　猫の毛並みは艶やかだ。身体もどっしりと大きい。

　言われてみると、老人がたくさんの猫一匹一匹に気を配って、のんびりと暮らしている長閑な光景が想像できた。

家の中を思い出すと、これほどたくさんの猫が出入りしているにしては綺麗なものだ。

襖や畳の傷みはあれど、粗相の跡や足跡などもなかった。

ふと、胸に引っかかるものがある。

「今、いくら音を出しても、って言ったね。何のことだい？」

話の流れから猫の鳴き声を言っているのかと、一旦聞き流したが、どうも妙な言い回しだ。

「死んだご隠居は、なかなかの粋好みだろう？」

五助が身を摺り寄せてくる白猫を押し返した。

「いや、私が聞いた話とはかなり違うよ。藤屋のご主人は、ご隠居のことを〝地味で朴訥な人〟なんて言い表していたよ」

峰は首を横に振った。

伊左衛門の、働きづめだった母を労うような顔が目に浮かぶ。

「へ？　そりゃ、息子の欲目に違いねえさ。お前は、ご隠居の寝室を見ていないのか？」

峰に怪訝そうな顔を向ける。

「ご隠居さんが亡くなった部屋のことだね。まだ見ていないよ。まずはこの客間の大柱に気をとられていたから。どうせ次の日から普請を始めるんだから、って思って、後回しにしちまったよ」

峰は身を乗り出した。

「ご隠居の寝室には何があったんだい？　教えておくれよ」

「お前に何の関係がある。お前の仕事は、もうここにはねえぞ」

五助が面倒臭そうに言った。

「このまま放ってはおけないんだ。猫たちのためにも、お夕さんと伊左衛門さんのためにも。そして、ご隠居さんのためにもね」

峰は言い切った。

「ご隠居は死んだんだ。残った家族は、この屋敷を高く売ることができりゃそれでいいんだろう。今更、何がどうなるってんだ？」

五助が眉間に皺を寄せた。

「五助さん、案内しておくれよ。このままじゃ、猫たちはほんとうにここから追い出されちまうよ？　ああよしよし、いい子だね。あんたを三味線屋に売るだなんて、そんな真似は決してしやしないさ。この人が助けてくれるからね」

峰は白猫をしっかと捕まえて、抱き上げた。

白猫は五助の顔をまっすぐに見て「にゃあ」と親し気に鳴いた。

9

「どうしてお峰さんがここに……。あなたっ！　どういうことですか？」

屋敷の入口で峰の姿を認めた夕は、傍らの伊左衛門に鬼の形相で嚙みついた。

「まあまあ、話を聞いてくれ。職人には、それぞれ得意な仕事ってものがある。五助さんは、元々、何もないところから家を作る作事大工だよ。床の張替えや障子や襖や鴨居、なんて細かな普請仕事はやらないっていうもので、仕上げのときになって、私が慌ててお峰さんに頼み直したのさ」

伊左衛門が夕の背に手を当てて宥めた。

「私に相談もなく、勝手なことをなさって！」

「お前も同じだろう。五助さんにきちんと作事の話を尽くす間もなく、先走って皆さんにご迷惑をおかけして……」

「さあ、中をご案内します」

峰は慌てて割り込んだ。

伊左衛門が不安げな目をちらりと向ける。

峰は奥歯に力を込めて、頷いた。

屋敷に一歩足を踏み入れて、夕の動きはぴたりと止まった。

「えっ……」

豪奢な造りの床張りの玄関は取り去られ、広い土間に変わっている。

夕が、何がなんだかわからないという顔で、峰を振り返った。

「奥の部屋まで行ってから、ご説明いたします」

峰は先を進んだ。

廊下のあったところはすべて土間に変えた。草履を履いたまま、庭に面した客間へと進む。

「戸がこんなにたくさん……。まるで長屋の路地のようですわ」

夕が困惑した顔で目を巡らせた。

「そのとおりです。ご覧ください」

峰は土間の通路に面した戸のひとつを開いた。

中は三坪の狭い部屋だ。地方から江戸へ出稼ぎに出てきた人向けの、ひとり暮らし用の長屋部屋の広さだ。

すでにしっかりと骨組みが出来上がっている家に、新たに壁を作るのはそう難しい作業ではない。天井まで木枠で区切って、漆喰で塗り固めればよいだけだ。

「この屋敷を、人に貸す長屋にしようとおっしゃるんですか？　どうしてそんな面倒臭いことを。私はこんな屋敷、早く売り払ってさっぱりしたいと申し上げたはずです。お義母さんのことなんて、もう金輪際、思い出したくもありません！」

夕が峰と伊左衛門の顔を交互に見た。

「お夕、私がお峰さんにお任せしたんだ。このままでは、私たちは駄目になってしまう。お前が母さんを悪く言うたびに私は苦しい。私が母さんを偲ぶ姿は、お前には我慢がならない。惚れ合って夫婦になったというのに、お互いが敵のようにいがみ合う毎日は、私にはもう耐えられない」

伊左衛門が何かを心に決めた顔で言った。

「この家はご主人にとって、お母さんの晩年の思い出の残る家です。もうしばらく、せめて、亡くなったお母さんを見つけられたときの胸の傷が癒えるまで、手元に置いておきたいとお考えでした」

伊左衛門が峰の言葉に頷いた。

「お夕、どうか私の心をわかってくれ」

夕は何も聞こえていないように、俯いた。

「ご隠居さんの寝室だけ、片付けずにそのまま残してあります。お夕さんも一緒に来ていただけますか？」

峰は夕に問いかけた。

「お義母さんは、わたくしに部屋に入られては嫌、とおっしゃるに決まっています」

夕は左右に首を振った。

「お夕、母さんはもういないよ。私の心、そしてお前の心の中にいるだけだ」

伊左衛門が夕の手を握った。

「あなた……？」

夕が怪訝な顔で伊左衛門を見上げた。

10

ご隠居の部屋は女の住まいにしては彩りが少なく、質素だった。

布団だけは畳んであるものの、他のいくつかの身の回りのものはすべて手を付けずにそのままにしてある。

「母が隠居暮らしになってからは、月に一度、私がほんの少しの間を見つけて顔を見に行っていました。あの日は、もう日が昇っているのに庭先に母の姿が見えなくて。嫌な予感がして部屋に行ってみたら、既に布団の中でこと切れていました」

伊左衛門が口をへの字に曲げた。ぐすんと洟を啜る。

夕は唇を嚙み締めて顔を背けた。

「あら？　どうしてこんなところに」

夕が首を傾げて、部屋の奥へ向かった。

衣紋掛けの横に、煌びやかな紫の布が巻かれた細長い箱が立てかけてある。

箱に軽く触れてから、間違いない、というように頷く。

「琴だわ。それも子供用の」

夕が布を取り去ると、中から小さな琴が現れた。

木目の色がてんでばらばらで、素人の峰から見ても、あまり造りの良くないものだとわかる。琴に触れたこともない幼い子供が最初の頃に使うための、簡単なものだ。

夕が琴を床に置き、ぽろん、と弦を爪弾いた。

弦が緩んでいるのだろう。胸がざわつくような奇妙な音色が響く。

夕が琴をじっと見つめた。

しばらく弦をいじって調節してから、もう一度、背筋を正して琴に向き合う。小さく息を吸った。

先ほどとは比べ物にならないくらい、澄んだ音色が響き渡った。

どこか哀し気で時に猛々(たけだけ)しい。しかしすべての音に一本まっすぐな筋が通る。

先ほどまでの、夕と伊左衛門の間に漂っていた険悪な気配が、みるみるうちに音の波の中に消えていく。

伊左衛門の口元がほんのわずかに綻(ほころ)んだ。と、庭に面した窓に目を向ける。

「お峰さん、猫が……」

夕の琴の音色に合わせて、猫が一匹、また一匹と集まってきた。

猫たちは窓辺に綺麗(きれい)に並ぶと、丸い目を大きく見開いて、琴を爪弾く夕を眺める。

短い一曲が終わって、夕が顔を上げた。

猫たちに目を向けた。

「お峰さん、この猫たちは、どこへやればいいのでしょう？　何かお考えがあれば教えてください」

夕の声は穏やかだ。

「はい、長屋の部屋のひとつひとつに猫を一匹ずつ住まわせて、独り身の店子(たなこ)に世話をしてもらえばよいのではと。故郷を遠く離れてのひとり暮らしは寂しいもの。猫が好きな人ならば、明るく暮らしてくれるのではと思います」

「そう、ひとり暮らしは寂しいものです。どうせ店子が出るときに襖(ふすま)や障子を替えると思えば、猫が多少家に傷を作ってもどうにかなりましょう。良い考えですわ」

夕は大きく息を吸って、長く吐いた。

琴をそっと撫(な)でる。

「この琴は、丹念に手入れをしてあります。弦の緩みも、ちょうど半月分。お義母さんは亡くなるすぐ前の日まで、この琴を弾いていらしたに違いありません」

「地味で朴訥(ぼくとつ)で芸事なんて大嫌いなはずのご隠居さんが、どうしてそのお年で、そんなに熱心に琴の練習をされたんでしょう？」

峰の問いかけに、夕は乱暴に首を横に振った。

「お義母さんがどうして琴の練習なんてされていたのか、私にはちっともわかりません。私が家で琴を弾いていた頃には、うるさくて眠れやしない、うちは置屋じゃないよ、なんて嫌味ばかり言っていらしたのに……」

夕が目頭を押さえた。

「お夕、もしかして母さんは、お前ともう一度仲良くなりたくて……」

「あなたは黙っていらしてくださいな！」

夕は両掌（りょうてのひら）に顔を埋（うず）めた。

「私は、わかりません。お義母さんの心の内なんて、一生見当がつきませんわ」

夕は肩を震わせて泣き出した。

黒猫が一匹、音もなく近づいた。

身体を擦（こす）り付けるようにして甘えて、泣き暮れる夕の顔を不思議そうに覗（のぞ）き込む。

夕のか細い泣き声だけが、いつまでも部屋に響いた。

11

「本所の猫長屋、ずいぶんと評判がいいようだねえ。あそこは地の利が良いのに小うるさくはない、かなり居心地の良い場所だからな。猫好きの後家さんや、浪人暮らしのお侍が喜んで入って、雰囲気も悪くないようだよ」

夕飯の麦飯を頰張りながら、与吉が上機嫌で言った。

「お前さん、ずいぶんと詳しいじゃないか。さては仕事って言いながら、また大家さんのところで油を売っていたね」

芳が麦飯を山盛りにして、花の前に置いた。

「おじいちゃんは、油屋さんなの？」

早速茶碗を手にした花が、口をもごもごさせながら訊く。

「まあ、お花ったら。違うわ。おじいちゃんは采配屋さんよ。いろんなところで油を売るのもお仕事のうち、っていうけれどね」

花が言葉の意味がわからないという顔で、「うーん」と首を捻った。

綾と峰で顔を見合わせて、ぷっと噴き出した。

「それで、お夕さんの心は、少しは楽になったのかしら？　お姑さん、お夕さんと一緒に並んで琴を弾けたらいいな、と思ったのかもしれないわね。話だけ聞いていると、とても優しいお姑さんだったように思えるけれど……」

「そんな簡単な話じゃないさ」

芳が妙にきっぱりと言い切った。

「人の仲ってもんは、ままならないものさ。ことさらに、嫁と姑ってのはね。いつの世だってすれ違い続けて終わるもん、って決まりだよ」

与吉が居心地悪そうに座り直した。

「そうね、おっかさんの言うこと、わからなくもないわ」

綾は綾で、少ししんみりした顔をする。

「それはそうと、お夕さんは、頻繁にあの家に出入りをしているみたいだな。庭や土間の掃除をしたり、猫らがちゃんと世話をしてもらっているかを確認したりと、持ち前の愛想の良さで顔を売って、きっちり家賃を取り立てているそうだよ」

与吉が妙に大きい声で割り込んだ。

「お夕さんはひとたび己の仕事となれば、完璧（かんぺき）になさる人ですからね。それに、きっと元は動物が好きな方だと思います」

峰は頷（うなず）いた。

「お峰さんは猫を飼ったことがございますか？」と訊いた、夕の姿を思い出す。

夕は、年増と呼ばれる齢（とし）まで独り身を貫いた女だ。ひとり暮らしの気楽さと寂しさも、家族と暮らす温かさと煩わしさも、すべてをわかっていたに違いない。

「こっちとしては猫が好き放題やって、またちょくちょく普請に呼んでもらえりゃ、って思っていたんだけれどね」

与吉が声を潜めた。

「猫たちは、柱での爪とぎに、さっぱり興味をなくしちまったらしいよ。五助が立てた新しい柱は、大柱をはじめとしてすべてまっさらなままだって。襖のほうも綺麗なもんだ。障子の紙くらいは、きっとそのうち、猫にずぼっと顔を突っ込まれちまうだろうけれどね」

「ほんとうですか？　爪跡だらけだったのに、嘘のようです。どうしてそんなことになるんでしょうか？」

峰は身を乗り出した。

「どうしてだかね。あの家にわざわざ普請が入らなけりゃ、お夕さんは使用人に荷物をまとめて運び出させて、それっきりだっただろう？　猫たちだって、どうなったかわかりゃしねえ」

「猫たちは己の行く末のために、柱を傷つけてたってこと？　普請に入ったお峰ちゃんに、お夕さんとお姑さんの仲を取り持ってもらおうって。そんなことあるはずはないわ」

綾が笑い飛ばした。

「きっとほかのところに、お気に入りの爪とぎ場を見つけたのよ。お布団がある寝心地のいい納屋とか、そんなところがきっとあるはずよ」

「いいなあ、お花も猫が欲しいなあ」

花が心底羨ましそうに言った。

「お花はまだ子供でしょう。ひとりで面倒を見られるくらい、大きくなったらね」

綾が窘めた。

「猫がいたら、いいなあ。毎日抱っこして、一緒に寝て、一緒にごはんを食べるのよ。お花が歌を歌ったら、きっと猫もにこにこ笑って聴いてくれるね。猫がいたら、ひとりぼっちのときでも、ぜんぜん寂しくないよ」

花が満面の笑みで言った。

「そうだね、寂しくなんかないね」

峰は答えて花の頭を撫でた。

あの日ご隠居の部屋に広がった夕の琴の音色が、耳の奥に蘇った気がした。

第三章　親子亀

1

「姉上、後生です。どうぞお戻りください」

与吉の家の卓袱台(ちゃぶだい)の前で、門作が項垂(うなだ)れた。

「嫌だね。私がどこで暮らそうと、あんたに何の関係があるんだい？」

峰はぷいと横を向いた。

「お嬢さ……いやいやお峰。そんな言い方をしちゃ門坊が泣いちまうよ。よしよし、門坊、せっかく大好きな姉さんに会いたくて、わざわざ訪ねてきたってのにねえ」

芳が門作の顔を心配そうに覗き込む。

「お芳、お嬢さん、なんて呼ぶんじゃねえって言ったろ。お前って奴は、何度しつこく言ってもわからねえな」

与吉が部屋の隅で帳面を眺めながら、渋い顔をする。

「はいはい、うるさい人だねえ。途中で気付いて言い直しただろう。門坊、お腹は空いていないかい？　握り飯でも作ってあげようか？」

門作は物憂げな顔で左右に首を振る。

「そうかい？　ならいいけれど……。門坊が来るって知っていたなら、みたらし団子をたくさんこさえておいたのにねえ」

門作の眉がぴくりと動いた。

「お兄ちゃんも、おばあちゃんのお団子が好きなの？」

框のところでこちらを眺めていた花が、親し気な声を上げた。とことこと門作の脇へ駆けて行く。

「ああ、そうさ。お芳おばさんのみたらし団子は、わたくしの大好物だ。子供の頃、二十も一気に喰って腹を壊したことがあるぞ」

門作がほっと気を抜いたような笑みを浮かべた。

「二十！　お花は七つも食べれば腹いっぱいだよ」

花が己の腹を撫でた。

「なんだって？　その小さな身体で、七つはじゅうぶん多いぞ」

門作が花の腹を人差し指でちょいと突いた。

花はきゃっきゃと嬉しそうに声を上げて笑う。

「話が終わったなら、とっとと帰りな」

　峰は両腕を前で組んだ。

「ですから姉上、どうぞ屋敷にお戻りください。姉上がいなくては柏木の家は……」

「私がいないとどうなるんだい？　父上が死んでからは、私は毎朝作事に出かけるあんたを見送って、帰ってきたらお小言を言うだけ。昼は何もせずぼんやりと過ごすだけさ。私はあの屋敷で、何もまともな仕事をしちゃいなかった、させてもらえなかっただろう？」

「身体を動かし金を稼ぐだけが、仕事ではございません。姉上がただその場にいらしたことで、あの家はたいへんまろやかに物事が運んでおりました」

　門作が指先をひらりと動かした。

「まろやかに、っていったいどんな感じだい？　見当がつかないよ」

「姉上のいらっしゃらない屋敷は、とても寂しゅうございます。それはまるで犬のいない犬小屋のよう……」

「お峰ちゃんは犬なの？」

　花がくっと笑った。

「い、いえ、言葉が悪うございました。姉上のいらっしゃらない屋敷は、花の咲かない庭のようで……」

「結局のところ、私がいなくなって、叔父上の締め付けが厳しくなったってだけだろう？」

それこそが峰が望んでいたことだ。

いつも姉の背に隠れて、生まれ持った役目から逃げ出すことばかり考えている弟。門作の根性を叩き直すには、己が生家から離れるしかないと思った。

「え、ええまあ、そう言い換えてもよいのかもしれません」

門作は素直にしゅんとする。

「叔父上は、わたくしが漢詩を嗜むことはおろか、本を読むことさえお許しになりません。そんな暇があれば身体を作れと、鬼の形相でわたくしを追い回してきます。先日、隙を見て逃げ出したときには、猛犬を放って裏山の頂まで追いかけて参りました」

悲痛な顔をした。

「今は辛くとも、身体ができれば作事の仕事も楽になるさ。ここがあんたの正念場だよ」

峰は門作の全身に目を向けた。

動く量だけは増えたかもしれないが、門作の身体は相変わらず細っこく頼りないままだ。

眉が下がって頰がこけたからか、子ネズミのように怯えた様子にさえ見える。逃げることばかり考えているからだと思う。

良い身体ができるのは、目の前の物事にまっすぐ向き合い、全身で重みをしかと受け止めたときだ。

逃げ去るときの跳ねるような足取りでは、ろくな筋はつかない。もっとも、身体が跳ね上がるためのばねだけは、日々鋭敏に鍛え上げられているのかもしれないが。

「はい、二人とも、ちょっと一休みだよ」

盆を手にした芳が割って入った。湯呑に入った番茶と小皿。

「わあ、懐かしいなあ」

門作が声を上げた。

小皿の上には筍の皮で包んだ梅干しが載っている。

「こうやって筍の皮をしゃぶっていると、少しずつ梅の味が染みてくるんですよね。お芳おばさんに作ってもらって、よく山登りに持っていったものです。ねえ、姉上？」

門作は早速口を窄めて、筍の皮をちゅうちゅう吸っている。

「筍の時季はとっくに終わっているからね。皮が硬いのは許しておくれよ」

芳が嬉しそうに目を細める。

「ああ美味しかった。あっという間に喰い終えてしまいました。おや、姉上は召し上がらないんですか？　せっかくお芳おばさんに出していただいたお茶請けなのですから、残しては失礼ですよ。いらないならわたくしがいただきます」

門作はおどけた調子で言うと、食べ終わった筍の皮をくるりと巻いて器用に笹舟を作った。

「お花ちゃん、さあどうぞ。川に浮かべて遊んでごらん」

「わあ！　ありがとう！」

花が目を輝かせた。

「お兄ちゃんって、とても素敵な人ね。団子を二十も食べられるし、笹舟だって作れるのね」

花が門作を眩しそうに見上げた。

「いやいや、子供のくせに、お世辞を言ってはいけないよ」

門作は頰を赤らめて嬉しそうだ。

そのとき、戸口の外から「失礼します」と男の声が聞こえた。

「はいはい、ただいま」

芳が土間に駆け下りて戸を開けた。

「与吉さんのお宅はこちらですか？　普請のお願いに参りました」

年の頃、三十くらいの痩せた男が部屋の中を覗き込む。

「はいよ」

与吉が帳面をぱたんと閉じた。

「お客さまのようですね。わたくしはおいとまいたします」

門作がはっとした顔で立ち上がった。

「お兄ちゃん、帰っちゃうのね。残念だなあ」

花が甘えた声を出した。

「なら帰り道に一緒に小川まで行って、笹舟を流そうか。きっと近所の子供、皆が集まってくるぞ」

門作が花の頭を撫でた。

「やった！　笹舟、笹舟！　行こう、行こう！」

花が掌をぱちんと叩いた。

「姉上、どうぞ考え直してくださいませ」

門作は立ち去り際に、峰の耳元で囁いた。

2

「お兄ちゃん、お兄ちゃん、小川はこっちよ。早く、早く」

花の華やいだ声が、長屋の路地の先へと遠ざかっていった。

「さあさあ、どうぞこちらへお掛けくださいな。それで、どんな普請をさせていただきましょうか」

与吉が客の男に座布団を勧めた。

「へい、どうも」

男は緊張した面持ちで、与吉の前に座った。

藍色半纏に股引姿の職人ふうの男だ。背が丸まっていて肌の色が白いので、家で仕事をする居職人だろう。

男は幾度も首を捻りながら、もじもじと身の置き所を探している。

「ええっと、では、お名前は？　どちらからいらっしゃいました？」

いつまでも男が話し出さないので、与吉のほうから訊(き)いた。

「あ、どうもすまねえ。ちょっとどう話したらいいやら、まだ頭が回ってねえもんで……。俺は亀造(かめぞう)っていうんだ。金澤町(かなざわちょう)で笊職(ざるしょく)をしている」

亀造は頭を掻(か)いた。

少々気弱そうな頼りない雰囲気の男だが、髷(まげ)は綺麗(きれい)に整って不精髭(ひげ)ひとつない。着ているものは、古びていてところどころつぎを当ててあるが、よく手入れされて皺(しわ)を伸ばしてある。

独り身ではなく所帯持ちに違いない。それも、情の通った良い夫婦だ。

「はい、金澤町の亀造さん……っとね。ではお住まいの長屋の普請になりますかね。長屋ってことでしたら、わざわざ亀造さんがこちらに出向いていただかなくとも、大家さんにお知らせいただければ話が早うございますよ。もちろん、普請に入らせていただく前にはこちらからちゃんと大家さんにご挨拶(あいさつ)に伺いますので、ご憂慮は要りませんが……」

与吉が慣れた様子で帳面に筆を走らせた。

「いや、これは俺がやらなくちゃいけねえ。大家さんには頼めねえ」

亀造が低い声で唸(うな)った。

「へ？　そんな深刻なことを申し上げたつもりは、毛頭ございませんが……」

与吉が素っ頓狂な声で訊き返した。

「与吉さん、悪いな。嫌な仕事を頼まなくちゃいけねえんだ」

亀造が畳に手を突いた。

「私は、道に外れたことはいたしませんよ。采配屋というのは職人ではございませんので、とにかく小心者で、とんでもなく口が軽うございます。己の手掛けた仕事はお江戸の皆さまに大いに広めていただき大いにお褒めいただきたい、と、こういう性分でございますからね」

与吉が急に気の引けた顔をした。

「悪いことをしてくれ、って頼もうってわけじゃないさ。その逆さ。みんなにとっちゃ、こうすることが一番幸せなんだ。俺はもう、こうするしかねえんだ」

亀造が口をへの字に曲げた。ぐすんと洟を啜って、小さく頷く。

与吉と芳が顔を見合わせた。

「大の男が泣きべそ掻くってことは、もしかして、あんたの家族のことかい？」

与吉が言葉遣いを変えて、座り直した。

「ああ、そうだ。九つになる息子の亀太郎のことだ」

亀造が親指で目頭を押さえた。

「へえ、九つかい。あんたまだ若く見えるけれど、案外大きい子がいるんだね。うちの孫娘の三倍の齢だ。男坊主が九つにもなりゃ、ずいぶんと手がかからなくなるだろう？」

与吉は花が駆けていったほうを指さした。

「手がかからなくなる、だって？」

亀造は言葉を切ると、しばらくぼんやりとしていた。

肩を落とし、大きくため息をつく。さらに長い間黙りこくった。

「牢を作ってくれねえか。亀太郎を閉じ込めておくための牢だ」

亀造が意を決した顔で言った。

「息子を閉じ込める牢だって？　あんた、冗談を言っちゃあいけないよ。腕白坊主の悪戯のお仕置きにしちゃあ、悪趣味が過ぎるよ。そんな仕事を請けられるはずがない」

与吉が仰天した。馬鹿なことを、と一笑に付すように、大きく首を横に振る。

「冗談なんかじゃねえさ。俺は、本気だ。女房と二人で考えに考えて、これしかねえと思って決めたんだ」

亀造はきっぱりと言った。

「駄目だ、駄目だ。そんなおかしい話は聞かなかったことにするよ。あんた、自分の子が大事じゃねえのかい？　可愛くねえのかい？　もう一度、大家さんでもお寺さんでも近所の人でも誰でもいいからじっくり話を聞いてもらって、心を落ち着けておいでよ」

「大事に決まっているさ。可愛いに決まっているさ。だから俺は、父親としてこうするしかねえんだよ。お願いだ、牢を作ってくれ」

亀造は頑として譲らない。

「参ったね。そんな物騒な話、初めてだよ……」

与吉が首筋を撫でて、あちこちに目を巡らせた。

「亀太郎、ってのは可愛らしい名前ですねえ。亀造父さんと、亀太郎坊ちゃん。親子の亀のようにとっても仲良しなんでしょうねえ」

ふいに芳が穏やかな顔をして、与吉と亀造の間に割り込んだ。

あっちへ行っていろ、という顔で睨む与吉にも、素知らぬ様子だ。

「死んだ親父がとんでもなく腕のいい笊職でね。亀彦って名だったのさ。だから、俺に男の子が生まれたら、その子にも〝亀〟って字を入れるって決めていたんだ」

亀造の強張(こわば)った顔が少しだけ緩んだ。

人差し指で虚空に、〝亀〟という字を書く。

「亀太郎は小さい頃から、それこそ親子亀みたく、俺の後をどこまでもくっついてきてな。可愛いったらなかったよ。あの頃はよかったな……」

寂しそうに目を細めた。

「うちはひとり娘でしたから、腕白ぶりに手を焼く、ってことはありませんでしたけれどね。その分、年頃になったら女親が気をすり減らして、身が細るような思いばかりです。私たちがいなくなったら、この子はちゃんとやっていけるんだろうか、なんて考えたら、今でも眠れなくなりますよ。子育てってのは、ほんとうに難しいもんですねえ」

芳が己の肩をとんとん、と叩(たた)いた。

「お内儀(かみ)さん、うちの亀太郎は、ただの腕白坊主ってわけじゃねえんだ。たぶんきっと女房の腹の中にいたときから――」

「お花！　お花はどこ⁉」

戸がいきなり開いて、綾の悲鳴が響き渡った。

掃き掃除の途中を放り出して、走ってきたのだろう。綾は手にした箒(ほうき)を振り回さんばかりの剣幕だ。

「おい、お綾、お客さんの前だぞ！」

与吉がしっ、と顔を顰めた。

「川に子供が落ちたんですって！　笹舟を持ったお花が、川へ向かったのを見た人がいるの！」

綾は客人なぞ目にも入らない様子で喚き立てた。

「何だって⁉　川へは門作も一緒に行ったはずだよ」

峰は戸口へ飛び出した。

花のお気に入りの小川は、子供が流されるほど深くはない。しかし万が一という恐ろしい言葉が胸を過る。

「門坊ですって？　あの子が来たの？　あんな弱っちいもやし坊主、あてにならないわよ。お花が川に落ちたって、きっと何もできずに、ぶるぶる震えて泣きべそを搔いてるわ！」

綾が大きく首を横に振った。

「……ずいぶんな言いようでございますね」

「門作！　その姿、どうしたんだい！」

路地の入口に、頭の先から足の先まで濡れそぼった門作が立っていた。

師走の寒空だ。歯の根が合わないほどがたがたと震えている。

腕に子供を抱いて覚束ない足取りでこちらへ歩いてくる。子供も門作の肩に顔を埋めるようにして震えていた。

「お兄ちゃんが助けてあげたのよ」

抱いているのは花かと思ったが、花は乾いた服のまま門作の背後から顔を覗かせた。

「お花、この馬鹿娘っ！　心配したのよ。何があったの？」

綾が花に駆け寄った。

「お兄ちゃんとお花で笹舟を川に流していたの。そうしたら、急にこの子が走ってきて川に飛び込んだのよ。お花が、飛び込んじゃだめ、あぶないよ、って言ったのに。この子はちっとも聞きやしないんだから」

花が頬を膨らませた。

門作に抱かれた子供の手には、筍の皮で作った笹舟がしっかりと握られている。

「止める間もございませんでしたので、わたくしも、躊躇う間もなく飛び込みました。ここしばらく叔父上に鍛えられておりますので、咄嗟の動きは得意でございます」

　門作が誇らしげに胸を張った。

「亀太郎！　ああ、亀太郎！　このたびは息子がたいへんご迷惑をおかけいたしました。ほんのひと時でございます。ほんのひと時、私が目に砂粒が入って握った手を緩めたばかりに……。あなたさまは息子の命の恩人でございます。どのようにお礼を申し上げたらよいのやら」

　路地の入口から、髪を振り乱した女がすっ飛んできた。門作に土下座せんばかりに深々と頭を下げる。

「いえいえ、人として当たり前のことをしたまででございます。おや、姉上に、皆さま。妙なお顔で。どうかなさいましたか？」

「なあ、もしかしてこの亀太郎って坊主が……」

　与吉が居心地悪そうに呟いた。

「そうだ、この子が亀太郎。俺の息子だ」

　亀造が静かに頷いた。

3

金澤町は、かつて加賀藩前田家の上屋敷のあったところだ。加賀藩は藩主の城が金澤にあったことから金澤藩と呼ばれていた。天和の火事で上屋敷が焼けてからは長屋町になっている。

「こっちだよ。こっちがおらの家さ。お兄さん、大人のくせに足が遅いね。もっと速く歩いておくれよ」

「待て待て。もう片っぽの手には、小さい女の子がいるんだぞ。お前は年上の男坊主なのだから、少しは気遣ってやれ。まったくせっかちな奴だなあ」

「お兄ちゃんの言うとおりよ。お花は、亀太郎ちゃんよりちっちゃいのよ。もっとゆっくり歩かなくちゃ駄目よう」

右手を花に、左手を亀太郎に引っ張られて、門作が先を行く。

「亀太郎、落ち着きなさい。門作さまが困っていらっしゃるでしょう。お花ちゃんも、ごめんなさいねえ。門作さま、どうぞ、決してお手を離さないようにお気をつけくださいませ……」

亀太郎のすぐ後ろを、今にもとっ捕まえようというように腕を広げて、亀造と妻が追いかける。

「門坊ってのは、ずいぶんと子供に好かれるんだな」

少し遅れて後を歩く与吉が、峰に耳打ちした。

「あいつ自身が、子供みたいなもんですからね。心が通じ合うんでしょう」

峰は鼻でため息をついた。

亀太郎は命の恩人の門作から、どうしても離れようとしなかった。

亀造夫婦がいくら力いっぱい引き離してもこんこんと説いて聞かせても、火が点(つ)いたように泣き叫んで大騒ぎだ。

結局、門作が亀太郎を家まで送って行くついでに、皆で連れ立って普請の場を見に行くことになった。

「あら、亀太郎だね。そのなりはどうしたんだい？　桃色の矢絣(やがすり)だなんて、そりゃ女の子の着物じゃないか。手も足もつんつるてんで、ずいぶん寒そうだね」

通りすがりの中年の女が声を掛けた。近所の顔見知りだろう。

全身ずぶ濡れになった二人のために、門作には与吉の小袖(こそで)を、亀太郎には花の着物を貸してやった。

「おら、今だけちっちゃな女の子なんだ。とっても可愛いだろう？」

亀太郎が得意げに袖(そで)を振った。

「なんだかそう言われると、似合ってるような気がしてくるよ。亀太郎は相変わらず、能天気でいいねえ」

女がぷっと噴き出した。

「こちらのお嬢さんにお借りしたんですよ。着物を濡らしてしまいましてね」

亀造の妻が花を手で示した。

「着物を濡らしたって、そりゃ、ひょっとして、ざぶんと川にでも飛び込んだかい？」

女の顔が急に曇る。

「え、ええ。まあ、そんなようなもので……」

亀造の妻はしどろもどろになって答えた。

「噂には聞いていたけれど、あんたもたいへんだねえ。こうやってたまにすれ違ってお喋り（しゃべ）している分には、気の優しくて良い子なのにねえ。ねえ、亀太郎」

「おらはいい子さ。おねえさんは、よくものをわかってるね」

「まあ、褒められちまったよ。ありがとうね」

女はにこやかに手を振って去っていった。

「ほら、ここがおらの暮らす長屋さ。ここの木戸を潜って……」

亀太郎が路地を指さし、幾度もその場で飛び跳ねた。

途端、路地の入口の部屋の戸が勢いよく開いた。

「その声は亀太郎だね！　おうい、みんな！　亀太郎が帰って来たよ！」

渋い顔をした老婆が声を張り上げた。

そこかしこからどたばた言う音が聞こえたかと思うと、路地に並ぶ家の窓と戸が次々と閉じられた。

「やあ、婆ちゃん、ただいま戻ったよ。さあさあ、お兄さん、こっちこっち」

亀太郎は長屋の異変にはまったく気付いていない様子で、門作にしがみつくように先を行く。

「大家さん、いつもご迷惑をおかけしております」

亀造の妻が、老婆の前で身を縮めて幾度も頭を下げた。

「あんたたちは、誰だい？　医者と助手の娘……って顔じゃあなさそうだね」

老婆が与吉と峰に目を留めた。

「采配屋（さいはいや）の与吉と申します。こちらは、職人のお峰でございます。このたび亀造さんのお宅の普請をさせていただくことになりました」

与吉が低頭した。

「普請だって？　私は何も聞いちゃいないよ。どういうことだい？」

老婆が亀造を睨んだ。

「亀太郎を牢に閉じ込めておくことにしたのさ」

亀造が目を伏せた。

「牢だって？」

老婆は低い声で訊き返した。眉間に深い皺が寄る。

「そうだ、それしか道はねえだろ。これ以上皆に迷惑はかけられねえ」

亀造は言葉少なに答えて、戸も窓も閉め切られた路地を見回した。

「きゃあ！　亀太郎ちゃん！　だめだめ！」

ふいに、花の悲鳴が響き渡った。

「いけねえ！」

亀造がはっと目を見開いた。一目散に路地の奥へ駆けて行く。

与吉と峰も慌てて追いかけた。

「お兄さん、見ていておくれよ。おら、高いところなんてぜんぜん怖くねえんだ！」

亀太郎が長屋の屋根の上に上っていた。

今にも飛び降りそうに、ひょこひょこと跳ねる真似をしている。

「門作、どうして手を離したんだよ！　ちゃんと見ていなくちゃ駄目じゃないか！」

峰は思わず門作を叱り飛ばした。

「土間で草履を脱ぐ間の、ほんのひと時でございます。まさかこんなことに……」

門作は真っ青な顔をしている。

「亀太郎、いいか、そこを動いちゃいけねえぞ。父ちゃんが助けに行くまでじっとしていろよ」

「やだよ！　おらは飛べるさ！　トンビみたいに、天狗みたいにね。おうっと」

屋根の板にずぼりと穴が開き、亀太郎の身体が揺らいだ。

「亀太郎！　あんた、亀太郎をつかまえて！　亀太郎、そんなに高いところから飛び降りたら、人は死んじまうのよ！　どうしてそれがわからないの……」

亀造の妻が泣き崩れた。

「そんなことないさ、ようし——」

亀太郎が胸を張った。

「天狗だ！」

そのとき、門作の叫び声が響き渡った。

「天狗が空から来たぞ！　見つかったら、山に連れていかれるに違いない！　亀太郎、すぐに伏せろ！　身を隠せ！」

門作は血相を変えて空を指さす。もちろん天狗の姿なぞどこにもない。

「えっ？　天狗って言ったかい？」

亀太郎が不安げな顔をした。後ろを振り返ろうと身を捩る。

「見るな！　目が合ったら一巻の終わりだ！」

亀太郎がびくりと動きを止める。

「いいか、亀太郎、そのまま決して動くな。天狗が遠くに行くまで、わたくしが見張っていてやるからな。見つかったら天狗山に連れていかれて、二度と戻って来られないぞ」

門作は空を指さして、しっかりと頷いた。

「わ、わかったよ。おら、天狗に攫われるのは嫌だ。父ちゃんと母ちゃんと、ここでずっと一緒に暮らしてえ」

亀太郎がおずおずとその場に伏せた。

「亀造さん、急いで亀太郎を助けてやってください。ほらほら、天狗に見つかる前に。わっ、天狗がこちらへ戻って来たぞ……と思ったらあっちへ行った。さあ、今のうちですよ」

「そ、そうだな。亀太郎、今のうちだ。父ちゃんが天狗から助けてやるからな。えっと、梯子(はしご)はどこだ?」

門作の迫真の演技に、亀造はぎこちなく話を合わせた。

「押し入れの天井裏に、屋根に上がる道があるはずです。おそらく亀太郎はそこから出たはずです」

峰は忠言した。

「そ、そうか。おうい、亀太郎、待っていろよ。今行くぞ」

亀造は家の中へ一目散に飛んで行った。

4

「一事が万事、この調子でございます。気の休まる間がひと時もございません」

亀造の妻が手拭(てぬぐ)いで涙を拭(ふ)いた。

美しい顔立ちなのに乱れ髪を直すことにも気が回らないせいで、幼い子供の母とは思えないほど年を取って見える。

亀太郎と花は、部屋の隅で高鼾(たかいびき)を掻(か)いて昼寝中だ。

亀太郎が門作の手を握って離さないので、門作は壁に寄りかかった窮屈そうな恰好(かっこう)で子供たちと一緒にいる。

「この部屋の中のものは、すべて一度は亀太郎に壊されています。水瓶(みずがめ)に顔を突っ込んで、縁に顎(あご)が引っかかって抜けなくなったり、竈(かまど)の火に手を突っ込んだりと、間一髪で生き延びた場面も幾度もありました」

亀造の妻が部屋に目を巡らせた。

元から古い長屋だからあまり気にならなかったが、改めて見回すと、この部屋は壁も障子も皿も水瓶も継ぎだらけだ。石竈の真ん中にも大きなひびが入っているが、いったい何をどうやったらこんなことになるのかと思う。

「ご近所さんとは、うまくやれているのかい？」

与吉が眉尻(まゆじり)を下げた。

「路地の入口の婆さまが大家さんです。ご覧になりましたでしょう。ああやって一日中見張っていて、亀太郎が外から戻ったら、長屋中の皆に知らせて回ります」

亀造の妻が悲しそうなため息をついた。

「大家さんは、悪い人じゃねえんだ」

亀造が、硬い声で割り込んだ。

亀造の妻がはっとした顔で、幾度も頷いた。

「そう、この人の言うとおりです。あの方は、私たちが夫婦(めおと)になったばかりの頃から、何かと世話を焼いてくれた優しい人です。私が産気づいたときだって、夜通し側にいて励ましてくれたのはあの大家さんです」

「それが、あんなに他人行儀になっちまうとはな。あれじゃあ、あんたたちがこの長屋で村八分みてえだ。亀太郎がよほどの悪さをしたってのかい？」

与吉が渋い顔をした。

「亀太郎は、火と水、そして高いところが何より好きなのです。ひとたび興味を惹(ひ)かれてしまえば、我を失って飛んでいきます」

「そりゃ、とんでもなく危ない話ですね……」

峰は思わず呟(つぶや)いた。

「近所の小川や長屋の井戸、木登りの木や屋根の上から落ちたことは、数回では済みません。ですが何より恐ろしいのは……」

「火事を起こしちゃすべてがおしまいだな。こんな長屋、半刻(はんとき)もしないうちに丸焼けだ。婆さんが気を張る心持ちはよくわかるさ。子供の悪戯(いたずら)がきっかけで死人が出るほどの大火が出たなんて、ごまんと聞く話だよ」

与吉が両腕を前で組んだ。

「亀太郎ももうすぐ十になる。可愛い坊主から力の強い男になっていく。ご近所さんのためにも、世間さまのためにも、このあたりで俺たちは心を決めなくちゃいけねえんだ。亀太郎は牢に閉じ込めて、あいつ自身にも他の誰にも、危ないことのないように暮らさなくちゃいけねえ」

亀造が一点を見つめた。

亀造の妻のすすり泣きの声が響く。

「それでは、牢はどちらに作らせていただきましょう。長屋の押し入れというわけには、参りますまい」

与吉が急に余所行きの声を出した。

「そんな！　本当に亀太郎を……」

峰は腰を浮かせた。

と、与吉はこちらを見ようともせずに、峰の膝頭をぴしゃりと叩いた。

「路地のどん突きのお稲荷様の裏に、古い蔵があります。前にこのあたりにあったお屋敷で使われていたと聞きましたが、今は空っぽで近所の子供が遊びに使うくらいです。そこを譲り受けて、牢にしようと考えています」

亀造の妻がこちらを見ずに答えた。

「古い蔵でございますか。それは良い考えです。早速、見せていただきましょう」

与吉は頼もしささえ感じさせる仕草で、素早く立ち上がった。

亀造夫婦は顔を見合わせて、覚悟を決めたように頷いた。

「こちらでございます」

重い足取りで、連れ立って先を行く。

「与吉さん？　ねえ、それはちょっと待ってください」

峰はぐっと声を落としてなおも喰い下がった。

「姉上」

呼ばれて振り返った。

壁際に座った門作が、こちらをまっすぐに見つめている。

「姉上、与吉さんにお任せしましょう」

門作が左右に首を振った。

「だって、あんたが手を握っているこの子だよ。こんなに可愛らしい子を、一生牢に閉じ込めて暮らさせるだなんて。そんな惨いことって……」

声に涙が滲んだ。

亀太郎は目を閉じて薄っすらと微笑んで、がっちりと握り締めた門作の手に頬を寄せている。眠る子の頬は朝焼け色に染まり、鼾の音もどこか柔らかく可愛らしい。

「我々が口を出すことではありません」

門作が目を伏せた。

「なんだい、門作のくせに急に物分かりの良い大人みたいな口をきいて」

峰は眉間に皺を寄せた。

「お峰、早く来い！　何をもたもたしていやがる！」

与吉の怒鳴り声が響いた。

峰と門作はしばらく睨み合った。

「姉上、与吉さんがお呼びでございますよ。良い普請を行うのが、姉上のお仕事でございます。どうぞお励みくださいませ」

門作が目礼をした。

「門作、あんた……」

峰は奥歯を噛み締めた。

ふいに、うーんと唸り声が聞こえ、亀太郎が寝返りを打った。

「お兄さん、ちゃんといるかい？　おらを置いて、帰っちまってないかい？」

寝ぼけ眼で門作の手を握り直す。

「ああ、いるさ。まだまだ陽は高くて暖かい。昼寝にぴったりの刻だぞ。ぐっすりお休み」

門作は亀太郎の頭をそっと撫でた。

5

帰り道、人通りの多い通りまで出たところで峰は足を止めた。

「ちょっと寄っていくところがありますので、ここで失礼します」

「寄っていくところって、そりゃいったいどこだ？　お峰が、お江戸のどこかに用事なんか……」

先を歩いていた与吉が、怪訝そうな顔で振り返った。

「ちょっとそこまで」

峰は人差し指を心もとなく振った。

与吉はしばらく峰の顔を見つめてから頷いた。

「そうか、野暮なことを訊いたな。暗くなる前には戻るんだぞ。お花、じいちゃんと帰ろう。門坊もここでお別れだな。今日は世話になったね」

与吉はあっさり答えて、花の手を引いて歩き出した。

心なしかいつもより背が丸まって見える後ろ姿だ。

「お兄ちゃん、またね。また遊ぼうね、きっとだよ」

花は幾度も振り返りながら、名残惜しそうに手を振る。

「もちろんだ。すぐにまた遊びに行くさ」

門作も花の姿が消えるまで見送った。

「お花は気のしっかりした賢い子ですね。亀太郎に、お兄ちゃんはおうちに帰らなきゃいけないんだよ、なんて優しく言い聞かせてくれていたところは、お綾姉さんの子供の頃にそっくりです」

連れ立って歩きながら、門作が微笑んだ。

「姉上？　まだご機嫌が直りませんか」

門作は小さくため息をついた。

「こんなときに、よくへらへら笑っていられるもんだね。あんたは、さぞかし人さまの心を震わせる素晴らしい漢詩を作るんだろうね」

峰は門作から顔を背けた。

「さすが姉上は、わたくしの心を乱すことをおっしゃいますね。それも、とびきりの意地悪でございます」

門作は寂しそうに笑った。

「それではお返しでございます。どうでしょう？　姉上の素晴らしい普請の腕で、とびきり良い牢が出来上がりそうでございますか？」

門作が峰を覗き込んだ。

峰の脳裏に先ほど覗いてきた古い蔵が浮かんだ。しかし、暗くて狭い中の様子は靄がかかったようにおぼろげにしか覚えていない。

こんな小さな蔵に閉じ込められて、亀太郎が残りの生涯を暮らすことになるのかと思うと、息が詰まるくらい胸が痛んだ。

「……こんな惨い仕事をするために、私は普請を始めたわけじゃないよ」

峰は吐き捨てた。

「己の得意なことをして褒められるのを楽しみに待つことだけが、仕事ではございません」

門作が己の爪先を見つめた。

「きれいごとを言ったもんだね」

「姉上のお言葉です」

二人でしばらく黙って歩を進めた。

日本橋の喧騒が近づいてきた。いつの間にか日比谷の組屋敷はほど近い。

行き交う人の中に小さい子供を連れた親の姿がちらほらある。そっくり同じ顔でにこやかに微笑んでいる親子もいれば、駄々を捏ねる子供を叱り飛ばしている親もいた。

どの親も、常に我が子の姿を見失うことのないように気に掛けているとわかる。

「姉上、わたくしは、亀太郎の苦しみがわかる気がするのです」

人の流れに乗って日本橋を渡り始めようかというところで、門作がふいに足を止めた。

「何を言い出すんだい？　あの腕白坊主の胸の内に、苦しみ、なんて堅苦しい言葉は似合わないだろう」

峰は門作に向かい合った。

「わたくしは、この世で生きるのが辛うございます。物心ついた頃から、己が皆と同じように振舞えないこと、皆と同じものを目指して生きられないことに、常に苦しみを抱えておりました」

門作が己の胸元に掌を当てた。いつになく真面目な顔だ。

「己の生まれを誇りに思うこともできず、お家の名を残すことにも何の意味も見出せず、皆に怠け者と罵られて生きる日々は、わたくしには地獄のように辛うございます。その上、幼い頃はただ仲良く楽しく暮らしていた家族の者が、わたくしのために悩み苦しんでおります。この苦しみが続くならと、いっそ、この命を絶ってしまいたいと思ったことさえございます」

「命を絶つって、そんな大仰な……」

言いかけてから、門作はどこまでも真剣だと気付く。

「ですがわたくしには本がございます。漢詩がございます。遠い国の遠い昔の誰かの紡ぐ言葉を聞いているそのとき、わたくしは唯一心穏やかに過ごすことができます。周りの誰のことも傷つけず、誰にも迷惑をかけずに生きているとほっとします」

門作は目尻に滲んだ涙を握り拳で乱暴に拭いた。

「……あんたの生きざまはわかったよ。それと亀太郎のことはどう関係あるんだい？」

峰は口元を結んだ。

「亀太郎も同じでございます。己の身を傷つけて命を脅かしているだけではなく、周囲の皆を巻き込み、大好きな父母を悲しませている。あの子が胸の奥で、それに気付いていないはずはありません。表には出さずとも、きっと深い苦しみを抱えています。あの子は、皆が安心できる場に置くべきです」

「それが、罪人を閉じ込める牢だってのかい？」

「このまま放っておいて、亀太郎にも、他の誰かにも、取り返しのつかない大ごとが起きるよりははるかに幸せです」

「穴倉の中、一生ひとりぼっちで、何もせずに無駄な日々を過ごすのかい？」

「それを決めるのは、亀太郎です。周りが勝手に、最も気の毒な形を思い描くのは間違いです」

　門作は真っ赤な顔で言い切った。

「……あんたの言葉は、一応聞いておくよ。言うとおりにするかどうかは、決して約束しないけれどね」

　峰は頷いた。

　門作がこれほど必死で峰に何かを訴えてきたのは初めてだ。

　峰にいくら厳しい言葉を投げかけられても、へらへらと笑いながら「姉上のおっしゃるとおりでございます」と頭を搔いていた姿を想う。

何を言っても門作にはちっとも応えていないと、苦々しく思っていた。

どれほど峰を、柏木の家を軽く見ているのかと腹が立つこともあった。

しかし門作は門作で、「命を絶つ」までに考え悩んでいるという。

急に、目の前にいる弟のことが遠く感じられた。

「ねえ門作、教えておくれよ。日比谷の組屋敷から神田に来るまでの間、どこかで新しく家を建てていなかったかい？　できる限り良い場所に立っている、金持ちの豪華な家さ」

「へ？　新しい家でございますか？　ええっと……」

門作は目を白黒させて、空を見上げた。

ぽん、と掌を打ち鳴らす。

「そういえば、青物市場の表通りで、新築の普請がございましたね。確か、両替商の吉田屋の隣です。通りすがりの人が、吉田屋の一人娘が婿取りをするから、婿の田舎に見栄を張って、大急ぎで目いっぱい大きな家を建てるんだ、なんて申しておりました」

「青物市場の吉田屋だね。ありがとう。助かったよ」

峰は踵を返した。

「姉上、ここでお別れでございますか？」

いつもの甘ったれた声色が、驚くほど心もとなく聞こえた。

「またすぐに、お花に会いに来ておくれよ」

峰の言葉に門作は、ほっとしたような笑顔で、

「はいっ、もちろんでございます」

と頷いた。

6

「なんだ、またお前か。俺は見てのとおり仕事の真っ最中だ。お前の相手をしている間なんてどこにもねえぞ」

材木を肩に置いた五助が、眉間に皺を寄せた。

青物市場に面した両替商の吉田屋の店と裏で繋がった新しい家だ。輝くほど白い材木を組み合わせて、柱と梁の骨組みを作っている最中だ。

「五助さんがたったひとりでこれを組み上げたのかい？　相変わらず、見事な腕前だね」

峰は冬の青空に広がる骨組みを見上げた。一見何の変哲もない骨組みでも、直角

や水平、すべての角が小気味よいくらいまっすぐに揃っている。矩が良い、とはまさにこのことだ。

「吉田屋の若旦那が、家族と住む家だ。若旦那の孫の代になるまで、この地にしっかり根を張った家にしなくちゃいけねえさ」

五助は少し柔らかい口調で答えてから、慌てて口をへの字に曲げた。

「ここいらで少し休憩にしないかい？　差し入れにお饅頭を買ってきたんだ」

峰は手に握った包みを掲げた。

「差し入れに饅頭だって？　お前はまったく物を知らねえ女だな」

五助はふんっと鼻で笑った。

「いらないのかい？　じゃあ私だけここでいただくよ。五助さんは、私のことは気にせずにお仕事に精を出しておくれね」

峰はさっさと道端の石に腰かけた。葉蘭の包みを解くと、少々形が崩れた饅頭が二つ入っている。

指先で摘まんで勢いよく口に放り込んだところで、横からひょいと手が伸びた。

「覚えておけ。職人のところへ差し入れをするときは、甘い茶菓子なんて持っていくもんじゃねえんだ。力仕事で汗まみれになった男が好むのは、煎餅だとか梅干しだとか、とにかく塩っ辛いものさ。作事の仕事中に甘いものなんて、よほどの甘党じゃなけりゃ喰う気になれやしねえよ」

五助は仏頂面でもぐもぐと口を動かす。

「初めて知ったよ。いいことを教えてくれてありがとうね。そのお饅頭、美味しいだろう？　私の母上……お母ちゃんが気に入っていて、昔から季節のたびに届けてもらったお店のものさ。甘党って人はみんな大喜びするんだ」

峰はふふっと笑った。

「何の用だ？」

五助は手首で口元をぐいっと拭いた。

「五助さんは、牢を作ったことがあるかい？」

峰は五助をまっすぐに見つめた。

「牢だって？」

五助の顔色が変わった。

「いくら何でも伝馬町の普請は、女にゃ無理だ。あそこがどれほど恐ろしいところか、わかっちゃいねえだろ。この俺でさえ、幾度も背筋がひやりとするような危ねえ目に遭ったんだぞ。お前にそんな馬鹿なことを頼んだ奴を、すぐにここへ連れてこい！　ただじゃ済ませねえ！」

五助が血相を変えて腕まくりをした。

「違う、違うよ。伝馬町の牢屋敷の話じゃないのさ」

慌てて押し止めた。

「伝馬町じゃねえとしたら、牢ってのは何のことだ？　いったい誰が入るんだ？」

五助がもっと怪訝な顔をした。

「金澤町の長屋の子さ。亀太郎っていうんだ」

五助は両腕を前で組んで、峰の話を黙って聞いていた。

「……堪らねえ話だな」

唸るように言った。

「私もどうしたらいいのかわからないのさ。まだ腹が決まっちゃいないよ。でもふと、五助さんなら牢を建てたこともあるんじゃないかって思ってね。五助さんがそのときに思ったことを、聞かせて欲しかったんだ」

峰は顔を伏せた。

「牢を建てたときか……」

五助が遠くに目を向けた。

「お前は真っ暗闇の牢と、一筋の光が差す牢、どちらが良いと思う？」

「そりゃ、少しでも光が差すほうがいいに決まっているさ」

「そう、俺もそう思った。最初はな」

五助が渋い顔をした。

「だけどな、明かりのある牢は、それはそれで惨いこともある。もしかしたらここから逃げ出せるかもしれないと、一筋の光をずっと眺めながら生きるってのは、実は酷な話だぜ。牢名主に訊いても、自死が多いのはわずかな光の差す部屋だってことだ。真っ暗闇で牢名主の行灯の灯を眺めているほうがむしろ、もうここから出ることはできないもんだと腹を括って、己の罪を反省して改心する奴もいたって話だ」

「亀太郎は罪人じゃあないよ」

「わかっているさ。でも、俺はその話を聞いてから、牢を作るときは普段の家を建てるとき以上に、頑丈なものを作ろうと決めた。わずかな隙間から光が漏れることだってないようにした。罪人が逃げ出さないようにってのはもちろんだが、罪人自身のためにもな」

「罪人自身のため……かい？」

「そうだ。手が触れたそのときに、こりゃどれほど暴れてもびくともしねえと気付くように。外の世界をさっぱり諦めることができるようにな」

五助はそこまで言ってから、急に顔を曇らせた。

「でもその話、俺にはどうしても胸糞悪くてならねえ。その場にいたお前だって、少しも納得しちゃいねえな」

「うん、五助さんの言うとおりだよ」

峰はこくんと頷いた。

「ならば、納得するまで動いちゃいけねえ。普請ってのは人の生きる場を作るものだ。生半可な心持ちで関わったら、頭の中身を持っていかれるぞ。己の作った嫌な場がずっと忘れられなくなって、気持ちがそこに閉じ込められたままになる」

五助が己の胸のあたりを押さえた。

「五助さんはどういう覚悟で、伝馬町の牢を作ったんだい？　こんな嫌なものを作るのも、世の中の善のため、って割り切ったのかい？」

峰は身を乗り出した。

「割り切れるはずがねえさ。酷い目に遭った」

五助が、けっと声を立てて笑った。

7

「おいっ、お峰、もたもたするなっ！　早く来い！」

与吉が人の波をするすると縫うように先に進む。

「はいっ！　ちょ、ちょっと待ってください！」

お江戸の人混みに慣れていない峰は、幾度も誰かとぶつかりそうになりながら、慌てて駆けた。

金澤町に近づくにつれて、明らかに煮炊きの匂いではない、きな臭い煙の臭いが漂った。

長屋の路地の入口に人だかりができていた。

人の輪の真ん中では、亀造と妻が地面に額を擦り付けて土下座をしている。

「火は、無事に消し止められましたかい？」

与吉が叫ぶように訊いた。

「どうにか小火騒ぎで済んだよ。どうにか、こうにかね」

答えたのは長屋の入口の部屋にいた大家の老婆だ。

「あっ、采配屋さんたちだね。今日は、お兄さんはいないのかい？　つまらないなあ」

明るい声に目を遣ると、地面に転がされた亀太郎がこちらを見て笑っている。

亀太郎は荒縄で縛られて、顔中が煤で真っ黒だ。誰かにこっぴどく殴られたのだろう。鼻血を垂らした姿が痛々しいが、本人はちっとも気にした様子はない。

「亀造さん、今度という今度は、私たちは堪忍袋の緒が切れたよ。あと少し気付くのが遅かったら、亀太郎の悪戯のせいでここの住人は皆殺しだ」

聞いているだけで身が縮むような鋭い言葉だ。

亀造夫婦は身じろぎひとつせず、地面に這いつくばったままだ。

「あんたたち、采配屋だって言ったね。すぐに普請に取り掛かっておくれ。一刻も早く、亀太郎を閉じ込めるんだ」

老婆が与吉と峰に目を向けた。

老婆の背後に並んでいるのは長屋の住人なのだろう。男も女も年寄りも、皆、目を伏せて決まりの悪い顔をしている。

「そんな惨いこと、やめてください」と声を上げて制する者は誰もいない。

「わかった、ぜんぶ婆さんの言うとおりにする。一刻も早く、だ」

亀造が顔を伏せたまま声を張り上げた。

「どうぞ、どうぞ、お許しください」

亀造の妻が涙で濡れた声で続けた。

「約束は守っておくれ。ここにいる皆が聞いたよ」

老婆は吐き捨てるように言うと、人の輪を押しのけるようにその場から去った。

波が引くように人だかりが散っても、亀造と妻はいつまでも同じ恰好で土下座を続けていた。

「小火が出たのはどこだい？」

与吉が亀造の背をぽんと叩いた。

「長屋のどん突きのお稲荷様だよ。俺が悪いんだ。俺が、お供えの蠟燭を見回っておくのを忘れちまったんだ」

亀造が幾度も洟を啜りながら答えた。

「なんだって？　お稲荷様に火をつけたってのか。そりゃ、具合が悪いことになったな」

二人の声を背に聞きながら、峰は踵を返した。老婆が行ったほうへ早足で向かう。

「おかしいな。あの婆さまの足で、どこまで行ったんだろう？」

隣の町まで進んでも、老婆の姿は見つからない。

きょろきょろと周囲を見回しながら、もと来た道を戻ってみた。

ふいに、長屋の裏の暗い小道に佇む人影に気付いた。

「婆さま？　普請の峰と申します。こんなところで何を……」

人がひとり通り抜けるのがやっとの、家と家の隙間のような小道だ。

怪訝な心持ちで、老婆を驚かさないようにゆっくり進んだ。

「なんだい？　あっちへ行っておくれよ」

ひどく邪険な物言いに、はっと気付いた。

「婆さま、泣いているんですか？」

「うるさい！　あんたには何もわかりゃしないよ」

老婆は掌で顔全体を乱暴に拭いた。

峰は老婆から少し離れたところで立ち止まった。

「亀造さんご夫婦から聞きました。婆さまは、あの二人が夫婦になったばかりの頃から何かと世話を焼いてくれた優しい大家さんだって」

「そうさ、亀太郎が生まれたときに産湯を用意してやったのだってこの私だよ。あの長屋には、しばらく子供の姿がなくてね。亀造のところに赤ん坊が生まれたってんで、これから毎日明るくなるねえって、皆で喜んだものさ」

老婆は袖に顔を埋め、背中を震わせた。

「亀太郎の腕白は、もう、どうにもならないんでしょうか」

「あの子はいい子だよ。どこにもいないくらいのいい子さ。こっちが怖い顔で亀太郎が帰ってくるのを見張っているってのに、いつだって婆ちゃん婆ちゃん、って満面の笑みで抱きついてくるんだよ。人を困らせる悪戯をしてやろうなんて、これっぽっちも思っちゃいない」

「亀太郎には、まったく悪気はないってことですね」

「だから私たち大人にとっちゃ、もっと始末が悪い。いくら叱ってもお仕置きしても、亀太郎は何もわかりゃしないのさ」

力なく首を横に振った。

「あんないい子を罪人みたく牢に入れるだなんて、胸が潰れそうに辛いことさ。でも、このままじゃいけない。どうにかしなくちゃいけないいんだ」

己に言い聞かせるように言った。

「ねえ、あんた。これを貰ってくれるかい？　長屋から亀太郎がいなくなったら、私は辛くて持っていられない。かといって捨てちまうなんてことできるはずないからね」

老婆は懐から巾着袋を取り出した。巾着袋の中から、何か丸いものを出して掌に載せた。

「何ですか？」

峰はゆっくり近づいた。暗がりなのでよく見えない。目を細めた。

「亀の子だよ。よくできているだろう。亀太郎がうちにあった壊れた笊を解いて、作ってくれたのさ」

掌に載る大きさの、亀の子の形の置物だ。細い竹を編み込んでできている。

「ずいぶん丁寧な仕事ですね。これをあんな小さな亀太郎が作ったんですか」

受け取った峰は目を瞠った。

素麺ほどの細さの竹ひごを、ほんのわずかな隙間さえなくきちんと編み込んでいる。いったいどんなやり方をしているのか、亀の甲羅の六角形も一つずつ編む方向を変えて作られているので、光の具合によって模様が鮮やかに浮かぶ。

尾っぽはきゅっと尖っていて、手足は丸い。亀の顔はにっこりと微笑んでいた。

「あの家は、代々笊職だっていうからね。あの子もとんでもなく手先が器用なのさ」

老婆は幾分誇らしげに言ってから、ふと、思い出したように暗い顔をした。

「早くしまっておくれよ。辛くて見ちゃいられない。もう、それはあんたのものさ」

手で払う仕草をした。

「私の心は変わらないよ。一刻も早く、亀太郎を閉じ込める牢を作ってやっておくれ」

峰の顔を見ずに、言い切った。

「……婆さま、私にすべてを任せてもらえますか？　ほんのひと月いただけたら、亀太郎も、長屋の皆も、安心して暮らせるよう普請をいたします」

峰は掌の亀の子をそっと握った。

8

通りの向こうに親子の姿が見えた。

亀造と妻とで亀太郎の両手を握り、とぼとぼと重い足取りで近づいてくる。

「父ちゃん、母ちゃん、山小屋は楽しかったねえ。またみんなで行こうねえ」

亀太郎は跳ねるような足取りで、両親の顔を覗き込む。

「ああ、そうだな。またいつか、きっとな」

亀造が顔を伏せた。

「あっ、お峰さん！　久しぶりだねえ。おら、このひと月、父ちゃんと母ちゃんと遠くの山小屋に泊まっていたのさ。旅なんて生まれて初めてで、今まで生きてきた中で一番楽しかったなあ」

亀太郎がその場でぴょんぴょんと跳ね上がる。

亀造の妻が手拭いで目元を押さえた。

小火騒ぎの日から峰の普請が終わるまでの間、亀太郎一家は遠縁を頼って山奥の小屋で暮らしていた。

「そうかい、よかったね。暴れまわって怪我をしなかったかい？」

峰は両手を腰に置いた。

「怪我ならいっぱいしたよ。でも、こんなのへっちゃらさ。だって父ちゃんと母ちゃんが一緒だもの」

亀太郎が擦りむいた膝小僧を見せつけて、にやっと笑った。

「お峰さん、普請のほうは滞りなく済みましたか？」

亀造が暗い声で囁いた。牢が出来上がったら、亀太郎はもうそこから出られない。

「ええ、もちろんです。さあこちらへどうぞ」

峰は長屋の入口を手で示した。

「えっ？　これは？」

亀造の妻が、素っ頓狂な声を上げた。

「長屋の木戸を付け替えました」

峰は大人の背丈よりももっと高い木戸を見上げた。木戸というよりも、屋敷の門の入口のようだ。溝のある枠に細い板を何枚も並べた。大きな一枚板のように見えて、どこにも足を引っ掛けてよじ上れるようなところはない。

そのとき、木戸が内側から開いた。

「亀太郎だね」

老婆を先頭に、長屋の住人皆が並んでいた。

「みんな、亀太郎が戻って来たよ」

老婆が言うと、住人たちはもじもじと顔を伏せた。

「みんな、どうしてここにいるんだ？　そうか、亀太郎にお別れを言いに来てくれたってのか？　迷惑をかけて悪かったよ。本当に済まねえと思ってるんだ」

亀造が深々と頭を下げた。

「亀造さん、よく見ておくれよ。お峰さんがこしらえてくれたんだ」

老婆が己の部屋の戸口を指さした。

戸口の上のほう。大人でも手が届くかやっとという高さに、頑丈な鍵がついていた。

「戸口だけじゃなく、障子もだよ。長屋中のありとあらゆる入口に、子供には絶対に手が届かない高さに錠前をつけたんだ。間違って腕白坊主が他の部屋に入り込まないようにね」

老婆が、がちゃんと重い音を立てて、表通りへ通じる長屋の木戸を閉じた。

「井戸へいらしてください」

峰は先を進んだ。

「まあ、井戸の周りに柵が……」

井戸の周囲には、大人がちょうどひとり入れる広さの屋根付きの囲いを作った。囲いの入口にも、高いところに閂が付いている。

「お稲荷様にも、入っていただいたよ。よくよく事情をお話ししてね」

老婆が振り返った。

お稲荷様の社にも一回り大きな広さで、鍵付きの囲いができていた。

「亀太郎を閉じ込めるのではなくて、手を触れてはいけないところに囲いを作ってはどうかと思ったんです。亀造さんの家の炊事場も同じです。屋根裏へ通じる道も。水瓶（みずがめ）や皿など壊れやすいものを入れておくための囲いも作りました。その場を使う大人は少々窮屈ですが……」

「手前（てめえ）の命を守るため、ってことなら、仕方ねえな」

住民の中から明るい声が聞こえた。

「この囲いは、地面に杭（くい）を打って、とても頑丈に作ってあります。亀太郎がどれだけ暴れまわって壊そうとしても、びくともしません。伝馬町の牢（ろう）の格子を作った職人の直伝の技です」

「お峰さん！　じゃあ亀太郎は、このままこの長屋で……」

亀造が顔を上げた。顔が男泣きの涙でぐしゃぐしゃだ。

「このひと月、長屋に亀太郎の姿が見えないとどうにも張り合いがなくてねえ」

老婆が笑った。

「婆ちゃん、おらがいなくて寂しかったのかい？　平気だよ。おらは、ずっとここにいるさ」

亀太郎が無邪気な声を上げた。

「そうかい？　そりゃよかったよ。また亀の置物を作っておくれね」

老婆は、亀造と妻の熱い目から逃げるように、照れ臭そうに笑った。

「なんだ婆ちゃん、あれ、なくしちまったのかい？　おらが初めて作った置物なんだぜ」

亀太郎が身を乗り出した。

「済まないねえ。大事に、大事にしていたんだけれどね。ほんのちょっと心を放したら、見えなくなっちまったのさ」

老婆が峰に微笑みかけた。

「おやすい御用さ！　婆ちゃんのためなら、またいくらでも作ってやるよ！」

亀太郎が大きく頷いた。

「亀の置物、ってのは何だ？」

亀造が不思議そうな顔で訊いた。

「父ちゃんも欲しいかい？　じゃあ、急いで作るから待っててておくれよ！」

亀太郎は己の胸をとんと叩いた。

「そうだ、亀太郎。あんたに、贈り物があるんだった」

峰は小脇に抱えた包みを差し出した。

「うわっ！　本当かい？　嬉しいなあ。お峰さん、ありがとう！」

「私からじゃないよ。門作兄さんからさ」

「お兄さんからの贈り物だって？　何だろう？」

亀太郎が包み紙を滅茶苦茶に引き裂いた。中から出てきたのは、数冊の古びた子供向けの絵草紙だ。

「本だって？　おらは、字なんて読めねえよ」

亀太郎が決まり悪そうな顔をした。

「なら、誰かに読んでもらえばいいよ。お父ちゃんにお母ちゃん、婆さまだって近所のみんなも。ここにはあんたを可愛がってくれる大人の人がたくさんいるだろう」

峰は亀太郎の頭を撫でた。

「どんな話だい？」

「火の話さ。それに水の話。うんと高いところに上る話だってあるよ。怪我をして痛い思いをしなくても、周りの皆に叱られなくとも、この本の中なら、胸が高鳴るような危ないことがぎっしり詰まっているってわけさ」

「まあ、門作さま……」

亀造の妻が人差し指で涙を拭いた。

「母ちゃん、部屋に戻って読んでおくれよ。すぐに、すぐだよ」

亀太郎が母親に抱きついて、部屋の中に飛び込んでいった。

「お峰さん、ありがとうな。恩に着るよ」

亀造が峰の右手を、両掌(りょうてのひら)で力いっぱい握り締めた。

9

「これが、その親子亀ですか！　お花、済まないね、ちょっと見せておくれね。見事な仕事ですねえ。亀太郎にこんな才があったとは……」

門作が亀の置物を摘(つ)まみ上げて、しげしげと眺めた。

「小間物屋の駒屋(こまや)の買い付けの目に留まってから、とんでもない数の注文が殺到しているっていうわ。駒屋は、お江戸中のお稲荷様の参道に出店を持っているんだから。縁起の良い親子亀はお土産(みやげ)物にぴったりよ。いつ出店に行っても売り切れだからって、友達に、お峰ちゃんを通じてどうにか早く手に入らないか、って頼まれたりもするんだから」

綾が得意げに胸を張った。

「姉上は、都合して差し上げているのですか？」

門作が含み笑いで訊く。

「当初は気軽にお願いしていたけれどね。最近じゃ、どんどんちゃんとした仕事になってきて、父子二人で日がな一日、急ごしらえの古蔵の仕事場に籠りっきりさ。あんなに忙しそうにしているところを見たら、何だか軽く頼み事はできない雰囲気だよ」

峰は肩を竦めた。

「亀太郎は真剣に働いているのですか。それはよかった」

門作が目を細めた。

「真剣なんてもんじゃないね。それこそ朝から晩まで、寝食忘れて竹ひごを組んでいるよ。悪戯なんてしている間はどこにもない。それでいて、ちっとも辛そうな様子はないんだ。心底楽しそうに、にこにこしている。親父さんは、親子亀の流行が落ち着いたら、亀太郎に笊づくりを一から教えるんだって張り切っていたよ」

「生まれ持った才なのね。三代続く、笊屋の血のおかげかもしれないわね」

綾が気軽な調子で口を挟んでから、はっと口元を押さえる。

「別に私、門坊に嫌味を言ったわけじゃないのよ。何にも考えないで、亀太郎が幸せでよかったなあって……」

「わかっておりますよ。お綾姉さんは、そんな意地の悪い方ではございません」

門作が微笑んで受け流した。

「お母ちゃん、笊屋の血……って、お花と亀太郎ちゃんとは血の色が違うの？　もしかして亀太郎ちゃんの血は緑色？」

親子亀と紙人形で遊んでいた花が、綾の顔を覗(のぞ)き込んだ。

「まあ、そんなことないわ。人の血の色は皆同じよ」

「じゃあ、笊屋の血、ってどういうこと？」

花が納得のいかない顔をした。

「確かにお花の言うとおりねえ。そんなこと、お母ちゃんはちっともちゃんと考えたことなかったわ。お母ちゃん、よく何にも考えないでお喋(しゃべ)りしちゃうのよ」

綾が片頬に手を当てた。

「亀太郎が幸せならそれでいいんだよ。結局、朝から晩まで穴倉で閉じ籠って暮らしていることには、変わりねえがな」

与吉が煙草の煙をふうっと勢いよく吐いた。

「己の心が平穏ならば、どこにいても幸せです。逆もまたしかりです。わたくしなぞ、屋敷の中で、本を携えて堂々と便所に籠ることができるそのときだけが、唯一ほっと心休まるときでした。日がな一日、便所で暮らすことができればどれほど良いかと……」

「嫌ねえ。あんな立派なお屋敷で暮らしているのに、そんな勿体ない話はないわ」

綾がくすくすと笑った。

峰は門作の顔をちらりと窺った。

「あんたの選んだ本、亀太郎は寝る前に母さんに毎日読んでもらっているらしいよ。毎日仕事で忙しくてくたくたに疲れ切って、遊びに行く間もない中で、あんたの本を読んでいろんな場所を旅した気分になるのが心底楽しいってさ」

「そうでございますか！　それは何より嬉しい話です」

門作の顔がぱっと華やいだ。

「亀太郎ちゃん、もうお花と遊んでくれないのね。つまらないなあ」

花が口を尖らせた。

「お兄ちゃんがいくらでもお花と遊んでやるさ」

門作が花をよいしょと抱き上げた。

「まあ、お花、よかったわねえ。門坊のおかげで、私も家の仕事がはかどるわ」

綾が能天気に手を叩く。

「ところで門作、柏木の家の作事はどうなっているんだい？　こんなに頻繁に家を空けて、叔父上は平気なのかい？」

せっかく喜んでいる花の前だ。峰はなるべく何気ない調子を装って訊いた。

「そのことについては、ご憂慮は要りません。さあ、お花、外で遊ぼうか」

門作はあっさり答えて立ち上がる。

「ご憂慮は要りません……って、そんなわけにはいかないよ。説明しておくれ」

門作のちっとも動じない様子に、嫌な予感がする。

「お花、ちょっとだけ待っていておくれね。えっとそれで、姉上、わたくしは家を出ました」

門作がついでの口調で言った。

「何だって？　柏木の家を出てきたってのかい？」

「はい、数日前から麹町にあります、漢詩の仲間の家に間借りして暮らしております」

「叔父上は何と言っているんだい？」

「存じません。置手紙ひとつ残して、ほとんど着の身着のまま飛び出て参りました。姉上が屋敷をお出になったときの真似をさせていただきました」

峰は、うぐっと黙り込んだ。

「屋敷を出てどうするんだい？」

「わかりません。でも、ここにいてはいけないと思ったのです」

「あんたは私とは違うよ。柏木の家の跡取り息子だよ」

「〝跡取り〟という言葉なぞ、何の価値もないものです。姉上とわたくし、人としての価値に何の違いもございません」

「そういう話じゃないよ」

「では姉上のお話は難しすぎて、わたくしには皆目わかりません」

二人でしばらく睨（にら）み合った。

「お兄ちゃん、早く行こうよ。お峰ちゃん、もういいでしょう。お花たち、今から遊びに行かなくちゃいけないのよ」

花が玄関先でつまらなそうに身体を揺らした。

第四章　弟の恋

1

時折みぞれも交じる、冷たい雨の日が、もう三日も続いている。

海からの風のおかげか、お江戸では真冬でも雪が積もることはめったにない。手足が霜焼けで真っ赤になるような寒い時季でも、粉雪の代わりに湿ったみぞれが降る。

こんな日は、ちょっとそこまで出かけるのにも気が滅入る。

出職人が多く暮らす神田の横大工町は、ここのところ商売上がったりだ。深酒の次の朝の地鳴りのような鼾が、そこかしこから聞こえてくる。

「ねえ、お母ちゃん、お外に遊びに行ってもいい？　お花は、着物が濡れるのなんてちっとも気にしないのよ」

火鉢に手をかざした花が、綾を覗き込んだ。

お天道さまの昇らない灰色の空の下、寒さに身を縮めて部屋に籠りきりの日々は、子供にはひときわ辛いことだろう。

「駄目。あんたが風邪をひいたら、夜通し看病するのは誰だと思っているの？　あ、痛いっ！　もう、余計なことを言うから針で指を刺しちゃったじゃない。ちょっと静かにしていてちょうだい」

綾がふくれっ面で、己の指先を舐めた。

ぐずついた天気のせいで、綾も気が立っている。

「つまんないよう。紙人形もお手玉も、もううんざりよう」

花が眉根を寄せた。

「お兄ちゃんが、遊びに来てくれたらいいのになあ」

「諦めなさい。こんな寒い雨の日に、わざわざ出歩く人なんてどこにもいやしないわ」

今日の綾は、いつにも増して険のある物言いをする。

「よしよしお花、ばあちゃんと一緒におままごとをしようかね」

見かねた芳が、よっこいしょ、と呟いて、重そうに腰を上げた。

「おままごとはもう飽きたよ。妖怪ごっこをしたいよう。お花がお侍になって、暴れる妖怪を倒すの」

花が腕を振り回して虚空を斬る真似をした。

「妖怪……かい？　ばあちゃんは、ちょっと腰の調子がねえ」

「お芳さん、私が相手をしますよ。お花、ちょっとお待ちね。道具の手入れが終わったら、私が怖い怖い妖怪になって遊んであげるよ」

峰は苦笑して助け船を出した。

「あまり大騒ぎはしないでちょうだいね。朝寝を邪魔した、ってうるさい職人に怒鳴り込まれたら、謝るのは母親の私なんだから」

綾が横目で睨んだ。

そのとき、路地を通る足音が聞こえた。

長屋の軒下に笠のぶつかる音が幾度も響く。

「わっ！　きっとお兄ちゃんだ！」

峰が止める間もなく、花が土間にすっ飛んで行った。

と、挨拶もなく勢いよく戸が開いた。

「お綾はどこだい！」

「まあ、お義母さん、こんな寒い日に。おまけに雨ですよ……」

綾が先ほどとは打って変わって、か細い声を出した。

現れたのは綾の亡くなった亭主、善次郎の母親のツルだ。

頭に被(かぶ)った男物の大きな笠は、死んだ夫か息子の形見なのだろう。ずいぶん古いものようで、ところどころ壊れて穴が開いている。そのせいでツルの着物は、降り注ぐみぞれに濡れてすっかり色が変わっている。

凍るように寒いに違いない。皺(しわ)だらけの首元は血の気が引いて真っ白だった。

「お綾！　話は聞いたよ。あんたよくも……」

ツルが己の拳(こぶし)を握って、綾の鼻先に突きつけた。

寒さのせいか怒りのせいか、傍目(はため)にもはっきりわかるくらいに身体中が震えている。

「話、っていったい何のことですか？　お義母さんのお心を乱すようなこと、私にはさっぱり見当がつきません……」

綾がおろおろと目を巡らせた。

「お花、こっちへおいで」

峰は大股(おおまた)で土間に下りると、ツルを見上げて目を丸くしている花をひょいと抱き上げた。

「ずいぶん怖い妖怪婆さんが来ちまったね。私と一緒に隠れていようね」

少しでも気を紛らわせてやろうと、花の耳元で囁(ささや)いた。

花は楽し気にくすっと笑ったが、目元には浮かない影が残る。

峰は花を力いっぱい抱き締めて、部屋の隅へ腰を下ろした。

「おツルさん、熱いお茶はいかがですか？　寒い中いらしていただいて、きっと身体が冷えきっちまっていますよ」

芳が火鉢の上の土瓶を手に取った。

「お芳さん、あんたも見損なったよ。いくら娘の行く末を憂慮しているからって、まだ善次郎が死んで一年も経っていないじゃないか。いや、善次郎が生きている頃から、お綾はそんな女だったのかもしれないね。ってことは、私たちはすっかり騙されていたってわけだ」

「私には何が何やら。どなたかがお綾の悪い噂を、おツルさんにお伝えしたってことですか？　その方は、お綾がいったい何をしでかしたと？」

芳が穏やかながらも、しっかりした口調で訊いた。

「男だよ。このところお綾は、年下の男を連れ込んでいるって噂さ。この間は、その男とあの子と三人で連れ立って、豊川稲荷様の参道を歩いていたってね。親子亀の出店で、まるで本当の親子みたいな面をしてずいぶんはしゃいでいた、ってのを見た人がいるんだよ」

ツルが花を無遠慮に指さした。

「まあ、門坊のことだわ」

綾が途端にほっとした顔をした。

「お義母さん、あれは門作っていう名の、母が乳母をしていた家の子です。こちらのお峰ちゃんの弟で、私にとっても本当の弟のような子ですよ。お花とよく遊んでくれるので、私も買い物のついでにお稲荷様に……」

「下手な言い訳はよしておくれよ！　私は騙されないよ。人を疑うことがないせいで、あんたにいじめ殺されちまった善次郎とは違うんだ」

ツルが一喝した。

それまで黙って帳面をめくっていた与吉がさすがに顔を上げた。

「与吉さん、お花は平気ですよ。こんな嘘っぱちで驚くことのない賢い子です。ねえ、お花」

峰は慌てて与吉を押し止めた。

そのとき、

「こんにちは。今日は、ひときわ寒うございますね！」

と朗らかな声が響き渡った。

「お兄ちゃん！」

　花がきゃっと飛び跳ねて叫んだ。

「門作！　いいところに来てくれたよ！」

　峰も一緒になって声を上げる。

「おや、お客さまでいらっしゃいますか。わたくしはお邪魔でしたでしょうか？」

「こ、この子がまさにその門作です。ほら、門坊、ちゃんとご挨拶して」

　綾が門作を焚きつけた。

「へ？　ええっと、はじめまして、わたくしは柏木門作と申します」

　門作はぺこりと頭を下げた。

　ツルは答えもせずに門作の身なりをじろじろと眺める。

「なるほど、与吉さんの采配屋に出入りしている大工の男に、ちょっかいを出したってわけか」

「えっ？　門坊は仕事もせずに、漢詩を書いてぶらぶらしているだけの……」

　綾が戸惑った声を上げた。

「門作、あんた、その恰好はどうしたんだい？」

　峰が改めて見直すと、今日の門作の身なりは、藍色半纏に脚絆姿の、どこからどう見てもお江戸の町の大工職人だ。

「よくぞ訊いてくださいました。わたくしはこの姿を、皆さんにお披露目したくて、冷たい雨の中をやって来たのでございます。どうです？　似合っていますか？」

門作が両腕を広げてくるりと回って見せた。

「お兄ちゃん、恰好いいよ！　まるでお峰ちゃんみたいよ」

花が両手をぱちぱちと叩いた。

「そうかい？　嬉しいことを言ってくれるねえ。姉上は、幼い頃からのわたくしの憧れでございますからねえ」

門作が峰をちらちらと横目で見遣る。

「ねえねえ、お兄ちゃん、妖怪ごっこをしたいよう」

「あっ、お花！」

花が、峰の膝の上から飛び降りて、門作に駆け寄った。

「妖怪だって？　そりゃ、面白そうだ。お花が妖怪、猫娘の真似をするのか？」

「違うよ、お花じゃなくてお兄ちゃんが妖怪よ」

花がきゃっきゃと声を上げて笑った。

「……帰る」

ツルが低い声で唸った。

入ってきたときよりもずいぶんと覚束ない足取りで、被った笠を戸口にぶつけながら路地へ出た。

「おツルさん、傘をお持ちくださいな。それにそんな身なりじゃあ、寒くて風邪をひいちまいますよ。この綿入れを着て帰ってくださいな。どちらも古いものですので、このまま持って行っていただいて構いません」

芳が慌てて追いかけた。

「お峰ちゃん、ごめんね」

綾が申し訳なさそうな目でこちらを窺った。

「お綾ちゃんが悪いことなんて、ちっともないさ。それにしても、門作が来てくれて助かったよ。あの子もたまには役に立つね。って、あんな身なりで、いったい何を始めるつもりなんだか知らないけれど……」

峰はふうっと息を吐いて笑った。

「善さんが亡くなったのって、雨の日だったの。ちょうどこんなふうな、寒い寒い雨の日」

綾は峰の軽口が聞こえていない様子で、ぼんやりと暗い天井を見上げた。

2

「門坊、お花、そろそろお片付けだよ」

台所の土間で芳が振り返った。抱えた皿には、みたらし団子が山盛りに載っている。

「わわっ！　お芳おばさんのみたらし団子でございますか！　お花、今日はとんでもなく運の良い日だねえ」

門作が、妖怪の顔を描いたお面を外した。

花と二人、我先にと卓袱台に駆け寄る。

「お兄ちゃんがお花の右で、お峰ちゃんが左ね。お峰ちゃん、早くこっちに来てよう」

「わかった、わかった。お花は、もう左右がわかるんだねえ。まったく、賢い子だよ」

峰は並べた道具に手拭いを掛けて、腰を上げた。

「皆さんも、お仕事が一段落したら、お集まりなさいな。せっかくこしらえた団子が、硬くなっちまいますよ」

芳が、どこか浮かない顔の残った綾と与吉に目を巡らせた。

どうにか皆が揃ったところで、次々とみたらし団子に手を伸ばす。

「これ、これでございますよ！　甘じょっぱい醤油餡（しょうゆあん）の絡まった団子が、ほんのり温かくてむっちりと硬いのがたまりません！」

門作が口をもごもごしながら頬を綻（ほころ）ばせた。

峰も団子を一つ口に放り込む。

口の中に広がる懐かしい甘味に、思わず笑みが浮かぶ。

手に入りにくいはずの砂糖を惜しみなくたっぷり使ったのだろう。屋台で売っている団子よりももっと甘い。

やはり甘いものはいいな、と思う。身体が軽くなって目の前が明るく見える。

今朝から胸の奥に巣くっていた靄（もや）が、すっと晴れるような気がした。

「そういえば、門坊、その恰好はいったいどうしたってのよ？　心を入れ替えて柏木の家での作事に励むことに決めた、っていうには、洒落（しゃれ）っ気が強すぎるみたいだけれど？」

団子を頬張る綾の声も、いつもの調子を取り戻していた。

「へへへ、気張ってお洒落をいたしました」

門作は照れ臭そうに頭を掻（か）いた。頬が赤らんで口元が緩んでいる。

初めて見る弟の顔に、峰はおやっと思った。

「姉さんに倣って、どこかで普請の仕事でも始めたい、ってことかい？　それならうちの人に任せておきな。決して悪いようにはしないさ。ねえ、あんた？」

芳が大きく頷いた。

屋敷を出てから無為な日々を過ごしているのではと気を揉んでいた門作が、普請の仕事に戻ろうとしていることに、明らかにほっとした顔だ。

「姉弟揃って俺が面倒を見なくちゃいけねえってことか？　なんだか妙な話になってきたねえ。おい、お芳、懇切丁寧に弟子を仕込んでくれる棟梁っていったら、銀町の台蔵じいさんってのはどうだろうね？　いや、あの人は、もうずいぶん前に亡くなったか。残念だねえ。するってえと……」

与吉は面倒臭そうな顔をしながらも、まんざらでもない様子だ。

「いいえ、与吉さんのお手を煩わせるには及びません。修業先は、既に自身で見つけて参りました」

門作がきっぱりと言った。

「へえっ？　そうかい？」

与吉が気の削がれた顔をした。

「その修業先ってのは、どこの誰だい？　きっと顔を知らない仲じゃないからね。

私たちで挨拶に行ってくるよ」

芳が与吉と顔を見合わせた。

「わたくしが弟子入りを決めたのは、ひとり親方ではございません。獅子丸組という名の職人衆でございます」

「獅子丸組、だって？　ここいらじゃ、聞かねえ名だな。それに職人衆ってのは、そりゃ何だ？」

与吉が首を捻った。

「もっともでございます。獅子丸組は、つい半月前に上方からお江戸に上陸したばかりの、まったく新しい形の職人の集まりでございます」

「知ってるわ！　筋骨隆々とした男前の職人ばかりが、家の普請をするって話ね。上方の男は口がうまいから、水茶屋あたりの若い娘がのぼせ上がってたいへんらしいわよ」

綾がぽんと手を叩いた。

「へえっ。筋骨隆々の男前の職人ねえ……」

峰は門作をじろじろと眺めた。

門作は急に決まり悪そうな様子になって、顔を伏せる。

「門坊、あんた、惚れた女がいるわね？」

綾がずばりと斬り込んだ。

「なっ、何をおっしゃいます！　まさか、まさか、そんなはずは、少しも、ちっとも……」

門作の額に汗が滲んだ。

「恥ずかしいことじゃないわ。惚れた相手に恰好いいところを見せたくて一所懸命に仕事に励む、って。いい話じゃない。男なんて、みんなそんなものよ」

綾が得意げに言った。

「おやおや、あんなに小さかった門坊がねえ」

芳も目を細めて綾の話に乗っかる。

「どんな娘だい？」

峰は少し硬い声で訊いた。

少し前に「わたくしは、この世で生きるのが辛うございます」と言った門作の言葉が気になっていた。

昨今話題の色恋を扱った黄表紙や芝居といえば、結末は心中と話が決まっている。

世間知らずの門作には考えもつかない重い身の上を抱えた夜の女や、気を病んだ放蕩娘に引っかかっては、取り返しのつかないことになる。

「あの人は、悪い女ではございません。それだけは間違いございません」

門作は慌てた様子で答えた。

「まあまあ、そんな野暮な話はいいじゃねえか。その調子じゃあ、まだ己の想いを相手に打ち明けてさえいねえだろうよ。小姑が三人も、ああだこうだと大騒ぎしてりゃ、うまく行くものもうまく行かねえさ」

与吉が門作の背をどんっと勢いよく叩いた。

「いいか、門坊。色恋に熱中している男ほど、みっともねえものはねえぞ。その娘を振り向かせるためには、お前は誠心誠意、己の目の前の仕事に励んでさえいりゃいいんだ。ご縁のある相手だったら、必ずお前の心をわかってくれるさ」

「おとっつぁんも、たまにはいいこと言うわねえ。洒落込んだ色男に引っかかるなんて、世間知らずかよほどの馬鹿な女だけよ。ほんとうに心のある女ってのは、仕事ができて若い衆に慕われているような、頼りがいのある男に惚れ込むってもんよ」

綾が目を輝かせて割り込んだ。

「なるほど。よくわかりました。仕事ができる頼りがいのある男、でございますね」

門作が己の言葉に魅了されたように、にやっと笑った。

3

昨日まで続いた雨が嘘のように、乾いた冷たい風の吹き抜ける晴天だ。

峰は剝がした畳を庭に敷いた筵の上に重ねて置いた。

庭先の土はまだ奥まで湿っている。だが分厚い筵を敷いておけば、畳屋が古い畳をまとめて引き取りに来るまでは、畳に雨水が染み込むことはないだろう。

このところの雨で中断していた作事の場だ。海苔屋の店と裏で繋がった、主人の家族の暮らす家だ。広間がひどく傾いてしまったので、直して欲しいと頼まれている。

「結局、普請はいつ頃に終わるんだい？」

奥の部屋で、海苔屋の主人の少々苛立った声が聞こえた。

「今日のような晴れ空が続いてくれるようでしたら、あとほんの四、五日、というところでございましょうか」

与吉の声が聞こえた。

「もしも雨が降ったら、それがどんどん延びていくってわけか。本来ならば、幾日も前にとっくに終わっているはずなんだよ」

「たいへん申し訳ございません。ですがお天気ばかりは私どもでは、どうすることもできませんものでして……。今しばらくご辛抱くださいませ」

口下手な職人の代わりに作事の場での住人との揉め事を取りなすのは、采配屋の大事な役目だ。

与吉は慣れた様子で、心底済まなそうな声を出す。

「雨降りの間の職人の日銭は、こちら持ちってわけじゃないだろうね？　そちらが空模様はどうにもならないってんなら、こっちだって同じだよ」

「もちろんでございます。日銭は職人が働いたその日の分だけ、ちょうだいいたします」

口うるさそうな客だな、と峰は小さくため息をついた。

この程度で与吉が腹を立てるとは思えないが、夕飯の席ではきっと「今日のお客は、ずいぶん素敵なお方だったねえ」と嫌みを言って、苦笑いだろう。

「ならいいけれどね。だいたい私は最初から、普請の代金が後払い、ってのが納得行かないのさ。江戸っ子なら、最初にいくらいくらとはっきり言ってもらって、こっちもきれいさっぱり先に金を払い終える。そういう形にはできないものかねえ。普請が終わるまでずっと、いったい私はいくら支払うことになるのやら、と見守るってのは、落ち着かないもんだよ」

「お気持ちはじゅうぶんにわかります。ですが、こればっかりはどうにも……」

「私はお江戸で長く商売をやっているけれどね、仕事が終わるまでは値がわからない、ってこんな変な話は他に聞かないよ。あんたたち、そろそろ古臭いやり方は変えたほうがいいんじゃないかね」

「いやあ、どうぞどうぞ、お手柔らかにお願いいたします」

峰はふうっとため息をついた。

今夜の与吉は、苦笑いでは済まなそうだ。

畳を外した剝き出しの粗板の隙間に、鉄梃の先を引っ掛ける。梃の反対側に身体の重みを乗せれば、力を入れなくても勢いよく粗板が剝がれる。

剝がれた板はそのあたりに放り出しておくわけにはいかない。同じ大きさごとに丁寧にまとめて、紐で括る。

大きめの木屑が足の裏に刺さると大怪我をする。半畳ほど床を剝がし終わるごとに、一帯を箒と塵取りで丹念に掃除しなくてはいけない。

ただばりばりと無闇に粗板を引っ剝がすだけなら、半刻もしないうちにすぐに終わる。

だがこの部屋はこれからも人が住み続ける場だ、と思うと、板切れひとつ置くにも気を抜けない。

片付けごとに手間がかかって、結局部屋の半分ほど残したところで暗くなってしまった。

「それでは今日のところは、これで失礼いたします」

峰は奥の部屋に声を掛けた。与吉は話を終えてとっくに帰っている。

「ああ、ちょっとお待ちよ」

奥からこの家の主人が初めて峰の前に姿を現した。

ひょろ長い背丈の真面目そうな男だ。いかにも神経質そうな、強張(こわば)った細面の顔をしている。

「女職人さん、あんたにちょいと話があるんだ」

主人は周囲を見回して、肩を竦(すく)めた。

「はい、何でしょう？」

峰は怪訝(けげん)な心持ちで、背負った道具袋を床に置いた。

「あんた、与吉さんのところでいくらもらっているんだい？ 実は、あれから女房が、寝室のほうもちょいと傾いているんじゃないかと言い出したんだよ。ついでにこちらも普請を頼みたいと言い出してねえ……」

主人は声を潜める。

峰ははっと勘付いて口を結んだ。このお客は、与吉を通さずに峰に直で仕事を頼もうと考えているに違いない。

「見たところあんたはまだ若い。それに女だ。きっと与吉にずいぶんと上前をはねられているんだろうよ。もしあんたが望むようだったら……」

「今の話は、聞かなかったことにしますよ。もちろん与吉さんにも一言も漏らしませんので、ご安心ください」

峰は慌てて答えた。

「なんだ、そうかい。なら、いいよ」

主人が白けた顔をした。

「作事の現場に入るのが職人だからって、私ひとりじゃ、何もできやしませんよ。与吉さんの力添えがなくてできることなんて、障子の張替えくらいが関の山です」

「へえ。そんなもんかねえ。傍（はた）から見ていると何から何まで、あんたひとりきりでやっているような気がするが」

主人はきっぱりと断られたことが決まり悪いのか、わざと平然とした顔をする。

「私はただの職人です。金勘定やら、人やものの手配といった難しいことは、大の苦手です。与吉さんがいなくちゃならないんです。私は、目の前の普請を精一杯務めさせていただきます」

峰は道具を背負い直してから、「とびきり良い家に仕上げますので、楽しみにお待ちください」と付け加えた。

4

帰り道でまた冷たい雨が降ってきた。

夕飯の熱い味噌汁は、胸の奥までじんわりと温かくなる味だった。

「梅雨の頃はまだましよ。蒸し暑い分、そのへんにごろんと寝転がってぼんやりしていても、凍えたりしないもの。でも冬の長雨ってのは、ほんとうに嫌なものね。みんなぶるぶる震えて長屋じゅうにたくさんの人がひしめき合って、息が詰まるわ。お花、ご飯の量はこのくらいでいいわね。えっ、もっと？　そう言っていつも、もう腹いっぱいだ、って投げ出すくせに。欲張るんだったら、一粒だって残しちゃいけないわよ」

綾が花の前に、茶碗に山盛りの麦飯を置いた。

花は目を白黒させて、既に決まりの悪い顔をしている。

「お花、安心しな。喰いきれなかったら、じいちゃんが片付けてやるよ」

与吉が花に耳打ちをして、お猪口の酒をぐいっとあおった。与吉の顔は酔いが回って猿のように真っ赤になっている。

「もう、この家は、みんなでお花を甘やかすんだから」

綾が口を尖らせた。

「お花は賢い良い子だよ。こんな良い子はそうそういないさ」

峰は花の頭を撫でた。

「へえっ、そうかしら？　だったらいいけれど……」

綾はわざと雑な口調をしているが、峰のたった一言で、ほっと顔が緩んだように見える。

峰には綾の花への物言いは、妙にきつく聞こえることがある。

しかし綾は綾なりに、男親のいない身で、花を立派に育て上げなくてはと気負っているのだろう。

可愛い子供とその場で楽しく遊んでいればいいだけの峰とは、抱えているものも覚悟もまったく違う。

「この雨じゃあ、お峰ちゃんは明日も作事に行けないのかしら？　また、お海苔（のり）屋さんの家の仕上げの日が、先に延びちまうわねえ」

綾が気を取り直したように天井を見上げた。

「土砂降りにでもならなけりゃ、明日は行くつもりだよ。一番雨に濡（ぬ）れたら困るところはもう終わっているからね。あとは屋根のあるところで済ませられるはずさ」

峰はちらりと与吉に目を向けた。

「それを聞いてほっとしたわ。ちょっと、噂を聞いていたものだから」

綾も与吉を横目で窺（うかが）う。

「噂ってどんなもんだい？」

与吉の機嫌を損ねる話ではと気になるが、乗らないわけにはいかない。

「獅子丸組よ。あそこは、どんな雨の日でも頭の上に幌（ほろ）を張って、晴れの日と同じような工程であっさり作事を済ませちまうっていうのよ。そんなことを軽々やられたら、まるでこっちが怠けているみたいじゃない」

「幌だって？　雨を凌（しの）ぐほどの幌っていったら、ちょっとやそっとの大きさじゃないよ。職人がひとりで幌なんて張っていたら、それだけで半日終わっちまうよ。無理に決まっているさ」

芳が笑った。

「それが、獅子丸組にはできるってのよ。あの人たちは職人衆でしょう？　朝だけ五人の職人が幌を張って、日中にそこで作事をするのは別の職人ひとりきり、片付けのときはまた五人がやってくる、ってそんな芸当も簡単にできちまうの」

「……そりゃ便利な話だねえ」

芳が与吉を気にしながら、相槌を打った。

「俺は認めねえな」

与吉がぼそりと呟いた。

「職人ってのは、己の作事の場に最初から最後まで責任を持つものだよ。簡単に取り替えがきくもんじゃねえんだ。その場限りの職人が一気に五人も押し寄せて、もし幌の柱が倒れたら誰が悪い？　作事をした奴とは別の誰かか？」

「もしかしたら、ちゃんとした棟梁がひとりいて、必要なときだけ若い衆を呼び寄せている、ってだけかもしれないわ。新しいやり方だからって、無闇に悪いものとは言えないわよ」

「その若い衆ってのは、どこから湧いてきた？　雨の日の朝に幌を張って夕に幌を片付ける、ってことを生業にした暇な奴がいるってのかい？　どうにも胡散臭い話だねえ」

与吉がうるさそうに乱暴に首を振った。

「獅子丸組に憧(あこが)れて弟子入りする若い男は、たくさんいるって言うわ。きっと獅子丸組の中では、人手は余るほどあるのよ」

「門坊みてえな奴らってことか。今のあいつに何ができる？」

与吉が、皆の胸に過(よぎ)っていたことを口に出した。

「門坊、大丈夫かねえ……。お前さん、一度、様子を見てきたほうがいいんじゃないかい？」

芳が眉尻(まゆじり)を下げた。

「獅子丸組は、何も悪いことをしちゃいないわ。これまでのお江戸のやり方と違うだけ。せっかくやる気を出して働こうとしている門坊に横槍(よこやり)を入れるのは、余計なお世話ってもんよ。お峰ちゃんもそう思うでしょう？」

綾が峰に顔を向けた。

峰はしばらく黙ってから頷(うなず)いた。

「皆さん知っているとおり、門作は、頼りない弟です。あいつが己から進んで作事の仕事に取り組んでくれているということは、柏木の家にとっては、夢のようなとんでもなく幸運なことです」

「お峰の言うことは、よくわかるさ。そのとおりだよ」

芳が小さく幾度も頷いた。

「ここは与吉さんもお芳さんも、ぐっと堪えて見守っていただけませんか。後で痛い目を見るかもしれませんが、それも学びのうちです。門作は、人を騙したり傷つけたりするようなことだけはしないと信じています」

与吉が、再びお猪口の酒をぐいっとあおった。

「お峰の言うことは、一応筋が通ってらあ。だけどこのまま門坊が泣きついてくるのを待っている、ってのは性に合わねえ。おい、お綾、門坊が惚れてる娘ってのはどこの誰だか、調べてこい」

「調べてこい……って、私はおとっつぁんの御庭番じゃないんだから。おとっつぁんだって、ここいらで顔の広い人をたくさん知っているでしょう？」

「大家さんかい？　あの爺さんに若い奴らの色恋の何がわかるってんだ。色恋の噂っていやあ、女の縄張りだろうが」

「なんだか失礼な話ねえ。でも、きっと、水茶屋で働いている幼馴染のお仙ちゃんに訊けば……」

綾の目がきらりと光った。

5

「ご主人、そんなところにいては寒くないですか？　私は身体を動かしているから平気ですが、ここは表にいるのと同じですよ。こんな時季は、家の中の方がもっと寒いかもしれません」

峰は気まずい心持ちで声を掛けた。

外は霧雨が降っている。障子を開け放って、広間の床下に潜って普請の真っ最中だ。

「いやいや、私のことは気にしないで、普請を続けておくれ。もしかして私がここにいてはお邪魔かい？」

朝からずっと、海苔屋の主人が広間の隅に陣取っている。

分厚い綿入れを着込んで帳面をめくってはいるが、時折、峰の動きに疑い深そうな目をちらりと向けるのが、気になって仕方ない。

作事の期間が延びたことに加えて、峰に直の仕事を断られたことを根に持っているのだろう。

どうにか主人の心をほぐすことができればいいが、と思いつつ、下手なことを言ってもっと臍を曲げられては敵わない。

「邪魔ってことはちっともありませんが。くれぐれも、風邪をひかないように厚着をしてくださいよ」

峰は気を取り直して床下の真っ暗闇に目を凝らした。

家の床が傾いている理由は、だいたいは骨組みの歪みだ。

生きている木を使って建てた家は、生き物だ。だいたい十年でところどころ綻びが出てくる。それを丹念に見直して、その家の性質を見抜かなくてはいけない。

「何か見つかったかい？」

峰が床下に消えたと見るや、すぐに主人が背後から覗き込む。

目の前が急に暗くなり、思わず舌打ちしたいくらい気が滅入る。

「それを今、検分しているところですよ」

鼻から勢いよく息を吐き、できるだけ穏やかに言った。

「暗くて何も見えませんね。雲の向こうのお天道さまが、西に傾くまで待ったほうがよさそうです。失礼しますが、先に昼飯にさせていただきます」

どうにかして主人を追い払おうと、峰は床下から出た。

道具袋から、握り飯の入った葉蘭の包みを取り出す。

「女中に茶を出させよう。おうい、誰か手が空いている者はいるかい？」

「いえいえ、お気遣いなく。飲み物ならば、ちゃんと持ってきています」

峰は慌てて水がいっぱい入った竹筒を見せた。

「そうかい？　ええっと、じゃあ、煙草はどうだい？」

「いえ、結構ですよ。ちょっと家の全体を見たいと思っていたので、外に出てきます」

峰は何とか理由をつけて、ほうほうの体で広間から逃げ出した。

通りに出て、主人が追ってこないことを確かめる。大きくため息をついた。

そうそうお目にかかれないくらい、やりにくい普請の場だ。

常に見張られて、少しの間違いも許されないと思うと、より良い形を考えるために一旦（いったん）手を止めることさえ躊躇（ためら）う心持ちになる。

仕事の場では必ず、これではなかった、もっと良いやり方がある、と気付くときがある。だがそのひらめきの早さが、職人としての経験であり腕と呼ばれるものだ。

まともな職人ならば、手順を変えて別のやり方を試そう、と決めたときに取り返しのつかない事態になっていることはまずない。

職人仕事とは、幾度も間違いを繰り返しながら、元に思い描いていたとおりかそれ以上の形が出来上がるものだ。

五助のように何もかも一回目の作業でぴしりと決めてしまう職人なんて、お江戸でもあの男ひとりだけに違いない。

だがそんな理屈は、海苔屋の主人には通用しないだろう。

「どうしたもんかねえ」

いつの間にか霧雨は止んでいた。峰はうーんと唸って空を見上げた。

「おや、そこにいらっしゃるのは姉上ではございませんか」

振り返ると藍色半纏姿の門作が、大きな荷物を抱えていた。

幾重にも折り重なった重そうな汚れた布――幌だ、と気付く。

門作は背負った荷物をいかにも重そうに背負い直すと、晴れやかな顔で額の汗を拭った。

「奇遇でございますね。姉上、もしかして、今、こちらの海苔屋の普請をされているのですか？」

「ああ、そうだよ。門作も仕事中かい？　精が出るね」

「姉上こそ、お仕事ご苦労さまでございます」

門作が褒められた子供のように、鼻の穴を膨らませた。

与吉の「胡散臭い話だねえ」という言葉がちらりと峰の胸を過った。

しかし目の前にいる門作の瞳(ひとみ)は、いつになくすっきりと澄んでいる。

己のやるべき仕事を見つけ、それに一所懸命励む若者の顔だ。

やはり、しばらくは余計な口出しをせずに門作のことを見守ってやろう、と思う。

「ですが、この海苔屋はずいぶんな吝嗇者(りんしょくもの)でございましょう。ご苦労はございませんか？」

門作が声を潜めた。

「あんた、いくら小声だからって、その人の家の前で陰口を言う奴があるかい」

峰は慌てて己も声を潜めた。

「これは、たいへん失礼いたしました。では、わたくしは仕事がございますのでこれで……」

「ちょっとお待ちよ。あんたこの家の人のことを知っているのかい？」

峰は門作を呼び止めた。

「いえ、わたくしが顔を合わせたわけではございません。ですが、兄弟子がつい先日、こちらの家の寝室の普請に呼ばれました」

「結局、この間話していた寝室の普請は他のところで頼もうっていうんだね。広間の普請が終わるまでは、知りたくなかった話だね」

峰は肩を竦めた。

「最後までお聞きください。獅子丸組は、お代は先払い、というのを売りにしております。そんな噂を聞きつけて、獅子丸組に声を掛けていただいた次第でございますが……」

「へえっ、獅子丸組ってのは、次から次へ、思いもつかない新しいことを始めるもんだねえ」

「古臭い普請の世界に、新しい風を、というのが獅子丸組の座右の銘でございますからね」

誇らしげに言ってからすぐに門作は、しまった、という顔をした。

「それで何の話でございましたでしょうか。そ、そうです。海苔屋さんのご主人です。ここのご主人は、見積もりを持って行った兄弟子を質問攻めにした挙句、しまいには話が違うとたいそう腹を立てられてしまいまして、それきりでございます。兄弟子は、こんな吝嗇者は見たことがないと呆気に取られておりました」

門作が見違えるように筋のついた背を揺らして笑った。

「あんたの話を聞いたら、頭が痛くなってきたよ」

峰は額に掌を当てた。

「ということでございまして、おそらく寝室の普請は姉上のお仕事になるのではと……」

「もういいよ、引き留めて悪かったね。早く仕事に戻りな」

峰はげんなりした心持ちで門作に手を振った。

「はいっ、姉上もお励みくださいませ。何かわたくしがお力になれることがございましたら、何なりと」

門作は力の漲る声で答えると、重そうな荷をよいしょと背負い直した。

6

「お峰ちゃん、待っていたわよ！　ちょっともう、たいへんな話があるんだから」

家に戻ると、綾が目を輝かせて待ち構えていた。

「どうやらよほどの大ごとみたいだよ。お峰が戻るまでは話せない、って私たちも待ちぼうけさ」

芳も立ち上がって手招きをする。

「お峰、今日の普請はどうだった？」

花を膝に乗せた与吉が、渋い顔で訊く。花は門作に貰った絵草紙を開き、大人びた顔で熱心に読みふけっている。

「おとっつぁん、そんな話は後でいいでしょう」

「そんな話ってのはなんて言い草だ。お峰にとっちゃ、普請の仕事が何より大切だよ。お前の噂話なんてのは後回しだ」

与吉がしっしと手で払う真似をした。

「もう、おとっつぁんが調べてこいって言ったんでしょう。ほんとうは気になって仕方ないくせに……」

綾が不満げな顔をする。

「海苔屋のご主人は、ずいぶんと普請の調子が気になっているみたいですよ。日がな一日、広間の隅で私の仕事を見張っています」

峰は道具袋を下ろした。

「そりゃ、職人にとっちゃやりにくい話だな」

与吉が顔を顰めた。

「だけどな、お峰、場が整っていないところじゃできねえなんて、甘ったれたことを思っちゃいけねえぜ。身体の調子が万全で、場が整っていて、皆がにこにこ気持ちよく迎え入れてくれる仕事がしてえなんてのは、手前の都合さ。仕事ってのは、一度請けたからには相手さまの都合に合わせるもんだよ」

「はい。肝に銘じます」

峰は頷いた。

「当分、握り飯に海苔はいらねえや、って気分だけれどな。せっかくの握り飯が不味くなっちまう」

与吉と峰は顔を見合わせて笑った。

「じゃあそろそろ、いいかしら？　門坊が惚れた女の話よ」

「ああいいさ。お前が訊いてきたことを、思う存分、洗いざらい話してみろ」

与吉が膝をぽんと叩いて、身を乗り出した。

「いったい、どこの誰なんだい？」

芳も気になって仕方ないという顔で、両手を擦り合わせる。

「お富さん、っていう人よ。人形町で、ひとりで甘酒屋さんをしているの」

「人形町っていや、杢兵衛さんの《ごくらくや》のあるところだね。あんなところに甘酒屋さんなんてあったかね？　あんた、覚えているかい？」

芳と与吉が顔を見合わせた。

「芝居小屋や出合茶屋の帰り道の客を当て込んだ、小さな屋台よ。暗くなってから店を始めるらしいわ」

「酔っ払い相手の夜の屋台を、うら若い娘がひとりでやってるってのかい？　そんなの、危ない目に遭うに違いないよ」

芳が困った顔をする。

黙って聞いている与吉の眉間に深い皺が寄った。

「お富さん、私よりも二つ年上の、二十三なのよ」

「それじゃあ門坊よりも七つも年上ってことかい？　そりゃ、世の中の酸いも甘いも嚙み分けていらっしゃる齢には違いないけれど……」

芳が言いにくそうに言葉を探す。

「いくつになろうと、夜中にひとりで甘酒を売っている女なんてのは、いわくつきに決まってらあ。こりゃ、面倒なことになってきたぞ」

与吉が、膝の上の花の両耳をしっかり押さえた。

「お綾ちゃんが、〝たいへんな話〟なんて言うからには、それだけじゃ終わらないんだろう？」

峰は綾の顔色を窺った。

夜店の屋台で甘酒を売っている、門作よりも七つも年上の女、お富。

　我が弟の惚れた相手と聞くと眉を顰めたくもなるが、別にお富は悪いことをしているわけではない。与吉の言うとおり苦労を重ねた身の上は察することができる。だが、だからこそ、跳ねっ返りの若い娘よりもはるかに心の深い女かもしれない。

　綾はそんな機微がわからない女ではないはずだ。

「そう、そうなのよ。そのお富さんって人……」

　そのとき、

「皆さま、こんばんは！」

　と声が響き、勢いよく戸が開いた。

「あっ、お兄ちゃん。やった！　いらっしゃい！」

　花が耳を塞いでいた与吉の掌を振り払うように、跳び上がった。

「ま、まあ、門坊、こんな夕暮れに顔を見せるなんて珍しい。何の用かしら？」

　綾がしどろもどろになった。

「ほんのついで、でございます。わたくしはこのところ仕事が忙しくて、あまり暇が取れないものでして。姉上に宴のお誘いを、と」

「宴、ってのは何のことだい？」

　峰の傍らで綾が目を見開いた。

「わたくしの親方、獅子ノ助の開く宴でございます。獅子丸組の面々はもちろんのこと、ご近所の職人さんにもなるべくたくさんの方にいらしていただければと。日付は明後日。場所は《ごくらくや》の七宝の池の間でございます」

「《ごくらくや》だって？　李兵衛さんのお店だね」

　李兵衛の顔を思い出すと、声が自ずと明るくなった。

「お友達をお誘いになって、ぜひともお越しくださいませ」

「か、門坊、そういえば、あんたの惚れた女ってのは、あれからどうなったの？　うまく行っているの？」

　綾が強張った顔で割って入った。

「え？　いやあ、照れ臭いなあ」

　門作は頭を掻いた。頬が赤くなる。

「実は今そこに、いらしているのでございます」

「ええっ！」

　皆で揃って声を上げた。

「その方はこれから屋台のお仕事に出られるということで、代わりにわたくしが荷物をすべて運んで参りました」

「そりゃ、ずいぶんと、面倒見がいいんだねえ」

芳が気の抜けたような顔をした。

「まだ皆さまにご紹介するのは早いかと思っておりましたが、これもご縁でございます。特に堅苦しいことなく、さらりと軽いご挨拶(あいさつ)だけでしたら……」

門作の口元が緩んだ。

「もちろん、ご挨拶させていただくよ。ねえ、お前さん?」

芳が慌てて草履を履いた。

「そうだそうだ、門坊が日ごろ世話になってるってお礼を、じゅうぶんに申し上げなきゃいけねえや」

「ちょ、ちょっとおっかさん、おとっつぁん。えっと、あのね」

珍しくまごついている綾をしんがりに、皆で揃って外へ出た。

「お富さん、済みませんね。皆がどうしても、お富さんに会いたいって言うものですから。わたくしは、お富さんを驚かせてはいけないと幾度も止めたのですが、皆がどうしてもどうしてもと……」

門作が囁(ささや)くように声を掛けた。

路地の入口で月を見ていた女が、振り返った。

「えっ！」

峰は言葉を失った。

女の腹は朧(おぼろ)げな月明かりの中でもはっきりわかるほど、丸く膨らんでいる。

「わあ、お姉さん、お腹に赤ん坊がいるのね。よかったねえ」

花が心底幸せそうな声を上げた。

7

「これはこれは、お峰さんに五助さん。いらっしゃい。しばらくご無沙汰(ぶさた)しておりました。皆さん、お部屋でお待ちですよ」

《ごくらくや》の入口で、虎の被(かぶ)り物をした李兵衛が嬉(うれ)しそうに目を細めた。

「李兵衛さん、お久しぶりだね。お江戸の暮らしにはもう慣れたかい？」

「ええ、おかげさまです。《ごくらくや》は、どこにあったってわしの店ですわ。お客さん相手に朝から晩まで忙(せわ)しなくしてたら、上方で暮らしているのと少しも変わるとこはありまへん。さあさあ、奥へ奥へ」

李兵衛は血色の良い顔で胸を張った。

店の中は、提灯(ちょうちん)に金屏風(びょうぶ)、派手な仕掛けと客の歓声でどこもかしこも輝いて、漂う熱燗の匂いと熱気で目の前がくらくらしそうだ。

「こうやって、己が普請をしたところに遊びに来るってのは、面白い気分だね」

峰は五助に声を掛けた。

「店ってのは、客が入るとまた違った姿になるな」

五助も満足そうに周りを見回す。

獅子丸組の宴は、一番奥にある一番派手な趣向を凝らした座敷、七宝の池の間で開かれていた。

「姉上、それに五助さん、お待ちしておりました」

下っ端として皆の中をお酌して回っていた門作が、こちらに目を留めた。

「ああ、今日はお招きありがとうね」

きびきびと働いている門作に反して、峰は少々気まずい心持ちだ。

お富に「軽い挨拶」を済ませて二人を見送ってから、与吉の家ではとんでもない大騒ぎが起きた。

「お富さんのお腹の子の父親、ってのは、門坊なのかい？」

芳がまるで綾を責め立てるかのように、詰め寄った。

「まさか、違うわよ。おっかさん、あれだけお腹が大きくなるのに、どのくらいかかるか忘れたの？　赤ん坊ができた頃は、門坊はお屋敷で叔父さんに絞られてぴいぴい泣いていたわ」

「じゃあ、何がどうなっているんだい？　私にゃ、さっぱりわからないよ」

「お富さんの亭主は、お富さんとお腹の子を置いて姿を消したのよ。どうやら元から博打打ちの一味のろくでもない男だったみたいよ。お富さんは生まれてくる赤ん坊とどうにかして生きるために、身重の身体で甘酒売りを始めたってわけよ」

「じゃあ門坊は、お富さんの生まれてくる赤ん坊の父親になる覚悟がある、ってのかい？」

「いくら門坊でも、あのお腹に気付いていないはずはないわよね。きっとそうだと思うわ。私に訊かれたってわからないけれど……」

芳の言葉に、綾は歯切れ悪く頷いた。

「赤ん坊の親になるだって？　馬鹿を言うな！　門坊にそんな根性があるわけねえぞ。ふざけるな。すぐにやめさせろ」

与吉が大きく首を横に振った。

「そう思うなら、おとっつぁんが門坊に直に言えばいいでしょう。私はそんな無粋な役回りなんて嫌よ。あんなに嬉しそうにしている門坊の恋路を邪魔したら、どれだけ恨まれるか……」

綾の言葉に、皆揃ってしゅんとした。

「お富さん、恥ずかしがらなくていいのですよ。ここの皆さんは優しい方ばかりです」

怯えたような目で挨拶もそこそこにその場を去ろうとする富に、門作は幸せそうな笑顔で纏わりついていた。

富の顔つきはひどく窶れていた。大きな腹と相まって、一目で只事ではなく追いつめられているとわかる。

そんな鬼気迫る姿の富に、門作は能天気で曇りのない想いを寄せている。まるで安心しきって母を慕う子のような姿にさえ見えた。

「それでは、獅子丸組、組長の獅子ノ助が、皆さまにご挨拶をさせていただきます」

野太い声に、はっと顔を上げた。

やんやの歓声に迎えられて現れたのは、拍子抜けするくらい貧相な身体つきの小男だ。獅子ノ助といういかめしい名がまるで冗談のようだ。

「この人が、獅子丸組の強面の男たちをまとめている棟梁かい？　思い描いていたのとは、ずいぶん違うけれど……」

峰が耳打ちすると、五助は険しい顔で両腕を前に組んだ。

「あんな身体の奴が棟梁のはずはねえさ。どっちかと言ゃぁ、采配屋に近いな。采配屋が職人衆を束ねる組長になる、ってのはどうにも落ち着かねえけれどな。これが上方のやり方なんだろうさ」

「皆さん、今日はよくいらっしゃいました。獅子丸組の皆、そしてお江戸の皆さん、今日は存分に飲んで騒いで楽しいときをお過ごしください」

獅子ノ助は鷹揚に皆を見回した。

口を開くと場の雰囲気が一変する何かがある。

言葉は明瞭だ。上方の訛りはどこにもなく、気味が悪いくらい落ち着いている。

「わが獅子丸組は、これまでのお江戸の普請のやり方を大きく変える仕事をしております。普請の場に応じて職人を入れ替えて、できる限り手間を省くこと。そして先払い。この二つのひらめきで、上方に、お江戸に、そしてこの国のありとあらゆる普請の場に、獅子丸組の名を広めたいと考えております」

わっと歓声が響き渡った。

振り返ると、門作も両手を打ち鳴らして大喜びだ。

「これまでの職人仕事は、あまりにも長く修業のときを要します。見習いが一人前になるまでに十年がかかりという話はざらに聞きます。しかし、獅子丸組のやり方ならば職人はただひとつ、己の得意な作業を極めれば、それだけでじゅうぶんに金を取る仕事をすることができるようになります」

　獅子ノ助は自負に満ちた笑みを浮かべた。

「皆さんの中で、普請が済んだ段になって、金払いの悪い客に辟易したことのある方はたくさんいらっしゃるに違いありません。獅子丸組のやり方ならば、金はいつも先払いです。取りっぱぐれることはまずありません。今日この宴を開きましたのは、ほかでもない。お江戸の皆さまの中で、獅子丸組のやり方に賛同していただける職人の方がいらっしゃいましたら……」

　五助が急に立ち上がった。

「五助さん、どこへ行くんだい？　話の途中じゃあ失礼だよ」

「便所だ。腹が痛くて我慢できねぇ」

五助の言葉に、近くにいた客の数人がくすっと笑った。

五助のただならぬ様子を見ると、まさか言葉どおりとは思えない。峰は慌てて五助を追いかけた。

「五助さん、どうしたってんだい？　あの獅子ノ助って、たしかに気に障る喋り方をする奴だったけれど、それほど悪いことを言っているってわけじゃあ……」

峰が追いついたときには、五助は玄関先でさっさと草履を履いているところだった。

「黙れ、お前はどれほど馬鹿なんだ。弟が馬鹿なら姉貴も馬鹿だな。世間知らずの甘ったれ、ってのは、身に染み込んじまっているものに違いねえ」

「相変わらず腹が立つことを言ってくれるね。門作のことは言い返さないとして、私のどこが馬鹿なんだい？」

「まずは獅子丸組の言っている、職人仕事さ。家を建てる仕事の中のほんのひとつの作業がうまくできるようになったからって、それが何になる？」

「五助さんみたいに腕の良い職人が、何もかも全部できるようにならなくちゃ一人前なんて名乗らせやしない、って言いたい心持ちはわかるさ。でも、あんな形があったっていいんじゃないかい？　若いうちから己の仕事で金を取れるのは、良いことだよ」

「じゃあ獅子丸組の職人は、あの組を辞めたらどうなる？　雨除け(あまよ)の幌(ほろ)を手早く見栄え良く張ることしかできねえ、って職人を、どこの誰が使うってんだ。あそこの職人は、一生獅子丸組で飼い殺しよ。いくら年を重ねても、己の好きなところで好きな仕事をするなんて、決してできやしねえ」

五助が勢いよく鼻息を吐いた。

「それに新しい家を建てる作事の場ならまだしも、古い家の普請の場で先払いだって？　冗談じゃねえさ。家の普請ってのは、始めてみるまでは、どこがどうなっているかわからねえもんなんだ。軽く見て見積もりを出しておいて、後からとんでもねえ歪みが見つかったら、どうするんだ？　そりゃもちろん、普請の前に金のことは明朗にわかるほうがいいに決まっているさ。でもな、どうしてもできねえこと、ってのはあるんだよ」

「じゃあ、獅子丸組はどうやって先払いなんて形を取ることができるんだい？」

「当初から馬鹿高く見積もっていやがるに決まってらあ。そうでもしなけりゃ、ちょっとでも見込み違いがあったら、あっという間に店じまいする羽目になるさ」

五助が嫌な顔で首を横に振った。

「ちょっと失礼しますよ。よろしいですか？」

ふいに、帳場の奥から杢兵衛が現れた。

張り詰めた場を和ませるように、にこにこ笑って揉み手をしている。

「獅子ノ助さんは、決して悪いお方ではございません。悪い人でしたら、いくら同じ上方仲間いうても、わしの《ごくらくや》で宴なんてお断りですわ。ねえ、虎さん？」

杢兵衛が玄関口の虎の置物の頭を撫でた。

先ほどの会話はすべて聞かれていたのだろう。

五助は、少々ばつの悪そうな顔をした。

「でもね、上方の人ってのは、お金の勘定にえらい細かいのと同じだけ、お金の話をするのが大好きなんですわ。上方での先払いっていうのは、先にまとまったお金をいただくかわりに、こっちもその分まけておきますわ、ってことなんです。ですから普請の最中に思ったのと違うことがあっても、いつでもお客さんにお金のこと訊いたらええと思ってます。でも、お江戸の方たちはそないなこと好きと違いますよね。お金の話をするのは恥ずかしいと思っていらっしゃいます。だからお江戸で先払いと聞いたら、面倒な金払いをきれいさっぱり先に済ましとける、と思われるんですわ」

「それじゃあ、このままだったら獅子丸組は、お江戸のお客と揉めるに違いないよ」

峰は五助と顔を見合わせた。

「一応、私も忠言はさせてもろたんですよ。でもねえ、これまで上方から一歩も出たことない獅子ノ助さんには、あまり通じんようです。まあ無理もありまへん。この世に、『ちまちまと金の話をするくらいなら、まとめてとっとと多めに払ってやらあ』なんて江戸っ子気質の方がいるって、そんなの思いも寄らんことやったのと

「違いますかねえ」

李兵衛は済まなそうに肩を竦めた。

8

峰は床下の柱を親指でぐっと押した。

それほど力を入れていないのに、親指は朽ちた木目に勢いよくめり込んでいく。

このまま爪の先で削るだけで、この柱は元の半分ほどの細さになってしまうだろう。

「ご主人、ちょっとよろしいですか」

峰は床下から顔を上げた。

「嫌だよ、何か失敗でもしでかしたってのかい？」

海苔屋の主人が帳面を放り出して飛んできた。

「この柱を見てください。ちょっと窮屈ですが気をつけてくださいよ」

峰は、慌てて床下を覗き込む主人の背をしっかりと押さえた。

「こりゃ、いったいどうなっているんだい？　柱がぼろぼろだ」

主人が息を呑んだ。

「虫に喰われちまっています。このまま放っておいたら柱がぽきんと折れて、屋根が頭の上に落っこちてくるところでしたよ」

　峰は主人の身体を勢いよく引き上げた。

「どうしてこんなことになったんだ？　作事の職人が手を抜いたのかい？」

　主人は懐から手拭いを取り出して、額の汗を拭いた。

「それは、わかりません。作事の職人がどれほど心を込めて仕事をしたとしても、木材に最初から虫がいたとすればどうにもなりません。じゃあ木材屋が悪いのか、ってそういうわけでもなく、虫の親玉がこの家の床下に偶然飛び込んじまった、ってときもあります」

「じゃあ、誰に文句を言ったらいいんだい？」

　主人が納得いかない顔をした。

「理由ははっきりしなくても、この家の柱は、虫に気に入られやすいってことはわかりました。この柱はもちろん取り替えて、他の柱にも虫を防ぐために表面に焼きを入れておきます。そうすれば安心ですよ」

「もちろん、当初思っていたより金がかかるね？」

　主人が思案深げな顔で訊いた。

「はい、そういうことになります」

峰はただ一言答えて、主人の言葉を待った。

「さっき言ってたね。このまま放っておいたら、どうなるって？」

「柱が折れて、屋根が頭の上に落っこちてきます」

峰はどんな意味も込めないように注意して、淡々と答えた。

主人はしばらくうーんと唸っていた。

「恥を忍んで言わせてもらうよ。支払いをしばらく待ってもらうことはできるかい？　そんな大きな普請の金、今すぐにはとてもじゃないが用意できない。晦日には得意先から金が入るはずなんだけれどね。約束の金が届いたら、その日のうちに与吉のところへ持って行かせるよ」

主人が眉尻を下げた。口元は恥ずかしさのためかきつく結ばれている。

「もちろんそれで構いません。普請の場で思ってもいなかった大きな障りが見つかったときは、ほとんどの方がそうされていますよ」

峰は頷いた。

柱の立て直しといえば足場を組んでの大きな普請になる。ツケが利くに違いないことはさすがに与吉を通さなくともわかる。

「有難いよ。ツケだの掛けだのって話を、金を払うこっちから持ち出すなんて、なんとも情けない話だけれどね」

　主人がほっと息を吐いた。

「こちらから話し出すにも難しいものです。お客さんのみんながみんな、ご主人のようにきちんとした方とは限りませんので。こうやって、お互いを知りながらご相談を繰り返していくしかありません」

　峰と主人は顔を見合わせて笑った。

「普請とは、難しいもんだね」

　主人がやれやれという様子で、ため息をついた。

「はい、まったくです。ですから私は、与吉さんがいなけりゃ何もできません」

　峰は微笑んだ。

「この柱がまっすぐになれば、寝室のほうの歪みも直るということかい？」

　主人が天井を見回した。

「おそらくそうなるでしょう。少し直しが必要かもしれませんが、それほど大きな普請にはならないはずです」

「ならば、この家の普請はすべてあんたに任せるよ。与吉さんに伝えておいておくれ」

「ありがとうございます」

峰は深々と頭を下げた。

「実はね、あんたに謝らなきゃいけないことがあるんだ。寝室の普請、そこだけ獅子丸組ってところに頼もうかと思っていたんだよ」

主人が両手を合わせて拝む仕草をした。

「そうでしたか。最近、人気と聞きますね」

とっくに知っている話だったが、峰は初耳という顔をしてみせた。

「いやあ、危ないところだったよ」

主人は己の胸に掌を置いた。

「どういう意味ですか？　獅子丸組ってのは何か悪い噂でも？」

心ノ臓に冷や汗が垂れた気がした。

「おや、知らないのかい？　獅子丸組はほんの数日前に、上方に逃げ帰ったって話だよ。まずはお客に安い金を払わせて油断させておいて、少しずつ金を取っていこうって小ずるい魂胆が、江戸っ子には許せなかったんだろうね。普請の先々で問題を起こしていたってんだから、追い出されて当然だよ。やっぱりお江戸の家の普請は、お江戸の職人に頼まなくちゃいけないね」

「獅子丸組は、やめちまったんですか？」

峰は思わず身を乗り出した。

「そうだよ、そんな血相を変えて驚く話かい？　あんたにとっちゃ、商売敵がいなくなった、って良い話だろう？」

主人はきょとんとした顔をした。

9

横大工町に、今日もまた冷たい雨が降り注ぐ。

夏ならばまだ陽が残る夕暮れどきだが、外は夜中のように真っ暗だ。

「ここのところ、不穏な噂は出ていたさ。獅子丸組と普請の約束をしたってのに、いつまでも先払いの金を取りに来ないってんだよ。金を取りに来るってのに今日は気が乗らないってこともねえだろうって、客のほうも不思議に思っていたみてえだ。だけど本当に、夜逃げしちまうとはなあ。ほんの少し前まで、ずいぶん羽振りが良かっただろうに……」

与吉が険しい顔で顎を撫でた。

「門坊はどうしているんだろうねえ。もしかして獅子丸組と一緒に上方へ行っちまったんじゃないだろうね」

芳が泣き出しそうな顔をした。

「まさか、門坊がお江戸から出るはずはないわ。だってお江戸には、〝お富さん〟がいるんですもの」

綾が気まずそうな顔で富の名を口にした。

「夜逃げをすることにはなっちまいましたが、獅子ノ助ってのは、そう悪い奴じゃなかったみたいですね。ほんとうの悪党だったら、先払いの金だけすべてそっくり取り立てたところで、雲隠れするものでしょう。噂によると、揉め事を起こしながらも、始めた仕事だけは最後まできちんと終わらせて帰ったようですよ」

峰の言葉に、与吉は頷いた。

「獅子丸組は、きっといつか、お江戸に戻ってくるつもりなんだろうさ。今はうまく行かなくても、次こそはもっと良い形で、って胸に決めているに違いねえ」

与吉の言葉に力が籠っていた。

「獅子丸組が、うんと良い形で戻ってきたらどうするの？　ごっそりお客を取られちゃって、おとっつぁんの商売も上がったり、なんてことになったら……」

「そのときは、獅子ノ助のお仲間に入れてもらうさ。もちろん、お峰も一緒にな」

「私も、ですか？」

峰は目を丸くした。

「おとっつぁんがそんなに変わり身が早い人とは知らなかったわ」

綾が口元に手を当ててくすっと笑った。

「あれ？　ちょっとお待ちよ。何か聞こえなかったかい？」

芳が掌を見せた。

皆、はっと黙り込む。

戸口の向こうで誰かが傘を畳む気配を感じた。

「夜分遅くに失礼いたします」

か細い女の声だ。

皆で素早く顔を見合わせた。

「はいはい、ただいま。どちらさまですか？」

芳が戸を開けると、そこには分厚い綿入れを羽織って風除(かぜよ)けの頭巾(ずきん)を被(かぶ)った富が立っていた。

「あっ、お腹に赤ん坊がいるお姉さんね。お姉さん、いらっしゃい」

箸(はし)で小豆(あずき)を摘(つ)まむ練習をしていた花が、明るい声を上げた。

「あらあ、お富さん。どうもお久しぶりで……」

芳がどんな顔をしてよいやら、という様子であちこちに目を巡らせた。

「門坊のことですね？　そのお仕度は、まさか夜逃げでも……？」

綾が鋭い声で訊いた。

「夜逃げだって？　お富さん、あんた、門坊と一緒にどこかへ行っちまうっていうのかい？」

芳が肝を潰したような顔をした。

「いいえ、門作さんは何も知りません」

富はきっぱりと首を横に振った。

「どういうことだい？　話しておくれ」

与吉が部屋の隅で座り直した。

富はしばらく言いにくそうにそわそわしていたが、しまいには腹を決めたようにまっすぐに顔を上げた。

「私は、見てのとおりの身重の身でございます。亭主が行方をくらましてからは、夜に芝居小屋の裏通りで甘酒を売って、どうにかこうにか日銭を稼いで参りました。そんなある日、酔っ払いに絡まれていた私を、芝居見物の帰り道だった門作さんが、助けてくださったのです」

「あの臆病者の門坊が？　あの子が酔っ払いに絡まれている女の人を助けるだなんて。ちっとも想像がつかないわ」

綾が困惑した顔をした。

「それから門作さんは、私にたいそう親切にしてくださいました。毎晩、屋台を引いて荷を運んでくださったり、お腹の子にといって滋養のある食べ物を持ってきてくださったり……」

「あんたもいい大人だ。門坊の想いに気付いていないはずはねえな。そこんところはどうだったんだい？」

与吉の言葉に、富は悲痛な顔で頷いた。

「私たちは誓って深い仲ではございません。ですが、おっしゃるとおり、私は門作さんのお気持ちには気付いていました。けれどお気持ちにこたえることはできないと思いながらも、優しくしてくれる男の人が近くにいる、という安心に甘えてしまいました」

「思わせぶりな態度で、門坊のことをもて遊んでいたってわけね」

綾がふくれっ面をした。

「お綾ちゃん、そりゃ言いすぎだよ。お腹に赤ん坊がいて、頼る人がいないっててのは、きっととんでもなく不安に違いないよ。お富さんは、〝もて遊ぶ〟だなんて考えていなかったよね。ただ門作が優しくしてくれたから嬉しかった、って、それだけだよね？」

峰は慌てて取りなした。

「ええ、はい、そうです。そのとおりでございます」

富は慌てて頷きながらも、どうにも居心の悪そうな顔をしている。

「回りくどいことはいいから、はっきり言ってくださいな。ご亭主が戻ってきたんですね？」

綾の言葉に、富の頬が一気に真っ赤になった。目が潤み、口元がわずかに震える。

門作の話をしているときとはまったく違う。

「はい。つい先ほど亭主が三月ぶりに家に戻って参りました。悪い仲間からは足抜けしたんだ、と、ひどく折檻されて傷だらけの顔で申しました。お江戸を離れて田舎へ戻り、新しい場で、一から家族三人、やり直そうと申しております」

富は、覚えずという様子で己の大きな腹を撫でた。

「門作にはこのことを……？」

峰に訊かれて、富は首を横に振った。

「亭主が戻ってきたのはつい半刻ほど前です。あの人には追っ手がついています。私たちはすぐにここを離れなくてはいけません。門作さんにどうぞこれをお渡しくだされば」

富は懐から手紙を差し出した。

〝門作さまへ〟と綺麗な女文字の筆書きだ。手紙には、絞りの緋色の布切れが結んであった。

峰が受け取ると、手紙は思っていたよりもずっと薄いものだった。この手紙の軽さを門作が味わうときを思うと、胸が痛んだ。

「確かに受け取りました。どうぞお達者で」

峰は胸に込み上げてくるものを抑えて、どうにかこうにか、それだけ言った。

「門作さんには、たいへん申し訳ないことをいたしました。どうぞお許しください」

富は深々と頭を下げた。

顔を伏せたまま立ち去ろうとしたところで、綾が「ねえ、待って」と急に呼び止めた。

「お富さん、お腹に赤ん坊がいるときは、くれぐれも冷やしちゃいけないのよ。お腹だけじゃなくて、首元と手首と足首。首って名前がついているところは、こうやって手拭いで巻いておくのよ」

綾は奥から持ってきた手拭いを富の首元に巻いた。続いて自棄になったように、手首にも、足首にもぐるぐると手拭いを巻く。

「ほら、これだけでずいぶんあったかくなるでしょう？　こうしておけば、長旅にもきっと耐えられるわ」

綾はつんと鼻先を上に向けた。

「ありがとうございます……」

富が声を震わせた。

「私だって子を持つ母親よ。お腹の大きい女が夜逃げをするってのは、どれほど苦しい道のりかわかるわ。できるものなら、そのご亭主の田舎ってところまで、ここからずらっと幌を張って雨風から守ってあげたいぐらいよ」

綾が、出来上がり、というように両手をぱんと打ち鳴らした。

富はゆっくりと頭を下げた。

「幌と聞くと、門作さんを思い出します。あれほど誰かに優しくしていただいたことは、私の人生で初めてでした」

富が目に溜まった涙を拭いた。

「門坊が何をしてくれたの？」

綾が怪訝(けげん)そうな顔をした。

「門作さんは、雨の晩になると甘酒の屋台の頭上に幌を張って、大きな屋根をこしらえてくださったんです。私が雨に濡(ぬ)れずに済むことはもちろん、大きな屋根のある屋台なんて他にはどこにもありませんから、雨の日はうちの店だけが大盛況でした」

「門作が、幌を張ったのかい？」

峰の脳裏に獅子丸組の下働きとして一所懸命働く門作の、生き生きした顔が浮かんだ。

「ええ。門作さんは大きな布を広げて、それは見事に手際よく、あっという間に屋根を仕上げてしまうんです。まるで夢のような光景でした。門作さんというお方は、よほど腕の良い職人さんでいらっしゃったのですね」

富がいなくなってから、皆、しんと黙り込んだ。

「お富って女、あいつはどうしようもねえ馬鹿だよ。すぐ近くに、己のことを大事に思ってくれている奴がちゃんといるってのに、ろくでなしの亭主が心を入れ替えたなんて話のほうを信じるってのかい？」

与吉が口の端を下げた。

「なによ、おとっつぁん。門坊とお富さんの仲を反対していたくせに」

「俺は反対なんてしちゃいねえよ。門坊に、赤ん坊の親父になる覚悟はあるのか、ってそれを訊きたかっただけさ」

「ずいぶん言い回しが違ったと思うわよ」

「うるせえ。おいっ、お芳、燗をつけてくれ。うんと熱く。煮立っちまうくらい熱いやつで頼んだぞ」

「おっかさん、私がやるわ。私だって、お酒でも飲まなくちゃやってられない気分だもの。おっかさんとお峰ちゃんも一杯どう？」

綾が勢いよく立ち上がった。

峰と芳は顔を見合わせた。

「いただくよ」

「いただこうかね」

二人の声がぴたりと揃った。

第五章　河童(かっぱ)の家族

1

外で風の鳴る音がした。

天井の梁(はり)がみしっと音を立て、床が小刻みに揺れる。

「春の嵐だねえ。家の中まで砂埃(すなぼこり)が飛び込んでくる気がするよ。ああ、目がしばしばする」

芳が天井を見上げて目を擦(こす)った。

今度はひときわ強い風だ。ごうっと地鳴りのような音が響き、近所のどこかで戸ががたんと外れる音がした。

「きゃっ！　たいへんだ！　お花のおうちがお空に持っていかれちゃうよ」

花がはしゃいだ様子で押し入れに飛び込んだ。

と、ごちんとかなり大きな音が響いた。

「まあいやだ、どっかにおでこをぶつけたわね」

振り返りもせずに、綾がうんざりした顔をした。

直後に、花の「うえーん」という泣き声が押し入れから聞こえた。

「よしよし、平気かい？　痛そうな音がしていたね」

峰は押し入れを覗（のぞ）き込んだ。

顔を真っ赤にして大粒の涙を零（こぼ）している花に向き合う。

「ぶつけたのはおでこかい？　押し入れの中ってのは暗いからねえ。奥の壁にごちんとやったかい？」

峰は花の額に手を当てた。

「ちがうの。頭のてっぺんよ。いつものように立ち上がっただけなのに、押し入れの天井に頭をぶつけちゃったのよ」

花は真面目な顔をして己の脳天を指さす。

峰は花の言葉の意味を一呼吸の間考えてから、ぷっと笑った。

「お花は背が大きくなったんだよ。もう押し入れの中で立ち上がったら、頭をぶつけちまうくらいにね」

「ついこの間は、頭をぶつけることなんてちっともなかったのよ？」

花が首を傾げた。

「ついこの間から今日までに、ぐんと背が伸びたのさ。嬉しいことだよ」

峰が花の頭をそっと撫でると、花は照れ臭そうに笑った。

「ついさっきまで生まれたての赤ん坊だったってのに、いつの間にこんなに大きな姉さんになったんだろうねえ」

芳が目を細めた。

「お花はもっと大きくなるよ。おばあちゃんよりも、お母ちゃんよりも、お峰ちゃんよりもね！」

花が両腕を広げた。

「そうね。お花は大きくなるわ。きっとこの家の誰よりもね。だって善さんは……」

綾がしんみりした口調で、窓の外に目を遣った。

「あら？　煙だわ。何かあったのかしら？」

綾が怪訝そうな顔をした。

そのとき、「たいへんだ！」という大声とともに、戸がいきなり開いた。

与吉がよく顔を見せに行っている、近所の職人長屋の大家さんだ。

「与吉さん、たいへんだよ！　たいへんだ！」

大家は着物がはだけて、汗まみれになっている。

「いったいどうしたんだい？」

与吉が只事ではないと察した顔で、立ち上がった。

「馬喰町で火が出たんだ！」

大家が叫んだ途端、急に風向きが変わったのか、きな臭い臭いが押し寄せてきた。

「馬喰町だって？」

「お義母さんの長屋のあるところだわ」

綾と与吉が顔を見合わせた。

「そうだよ。おツルさんのところだ」

大家が肩で息をしながら幾度も頷く。

「お義母さんの家は大丈夫かしら。お年寄りのひとり暮らしなのよ。もし火が移って逃げ遅れでもしたら……」

「だから、おツルさんのところなんだよ！」

大家が悲痛な顔をした。

「えっ？」

「火が出たのはおツルさんの長屋なんだよ。この煙は、まさにおツルさんの家が焼けているその煙なんだよ！」

「なんだって!?」

峰は跳ねるように腰を上げた。

「おいっ、お峰！　すぐ行くぞ。梯子を忘れるな。お綾、お前はお花をしっかり見ていろ。火事場見物になんて来やがったら承知しねえぞ！」

与吉が一目散に外へ駆け出した。

「お峰ちゃん、どうしよう、お義母さんが……」

綾が泣き出しそうな声を出した。両手がわなわなと震えている。

「お義母さん、善さんが亡くなってからお線香を欠かすことがひと時だってない、って言っていたのよ。もしお線香の火が家に燃え移ったんだとしたら、ひとたまりもないわ……」

綾の顔が大きく歪んだ。

「しっかりおしよ。おっかさんが、そんな情けないことでどうするんだい。お花が驚いているじゃないか」

芳が綾の背を撫でた。

「あのおっかない婆さまのことだよ。火事なんかへっちゃらに決まっているさ。ねえ、お花。おっかさんは憂慮が過ぎるよねえ」

芳が花を抱き上げた。

峰に向かって、早く行ってやれというように目配せをする。

「何かわかったら、すぐに知らせに戻るからね」

峰は梯子を背負うと、綾の肩をわざと強くぽんと叩いた。

「お峰ちゃん、いってらっしゃい。妖怪の婆さま、ちゃんと助けてあげてね」

真っ青な顔をしてうつろな目をしている綾の代わりに、花がしっかりした声を出した。

「お花……」

花はまっすぐにこちらを見つめる。

この子は大人の話をすべてわかっているのだ、と気付く。

「お峰ちゃんに任せておきな」

峰は大きく頷いた。

風がまた強く吹いた。

煙の臭いが、より一層強く部屋の中に漂った。

2

小伝馬町(こでんまちょう)を走り抜け、馬喰町に近づくにつれて煙の臭いは強くなる。

峰は逃げ出す人の流れに逆らって先を進んだ。皆が背後を振り返りながら歩くので、幾度も誰かとまともにぶつかる羽目になった。

立ち上る煙で空が黒くなっていく。

一番長い梯子を背負って飛び出してきたが、もう峰の手に負える様子ではないのは明らかだった。

大川(おおかわ)の枝流になる小さな川に出たところで、異様な熱を感じた。

川の向こうの長屋が炎を上げて燃え盛っている。ツルが暮らしているのはこの長屋に違いない。一見したときは、長屋のすべての部屋が燃え果てているように見えたが、火の勢いが強いのは路地のどん突きあたりだ。入口あたりの部屋はまだ無事だ。

とはいっても、この様子では半刻(はんとき)もしないうちにすべての部屋が丸焼けになってしまう。

川を挟んでいれば火が燃え移ることはないと踏んでいるのだろう。こちら岸には黒山の人だかりだ。

「姉上！　とんでもない火の勢いでございます！」

人混みの中から、門作の声が聞こえた。

門作とよく似た背恰好（せかっこう）の男と、数名で遠巻きに火事を眺めている。皆青っ白（ちろ）い顔をしていて、きっと門作の漢詩の仲間だろうと窺（うかが）えた。

門作の頬はげっそりとこけて生気がない。橙色（だいだいいろ）の炎を見つめる瞳（ひとみ）だけがいやに輝いて見えた。

門作の帯に引っ掛けた根付に、緋色（ひいろ）の絞りの布切れがちょうちょ結びで括（くく）り付けてあるのに気付く。

と、唐突に、峰の腹にえも言われぬ苛立（いらだ）ちが込み上げた。

「やあ、門作、久しぶりだね。お友達と火事場見物かい？　風流なことだよ！」

怒鳴りつけるように応（こた）えて、小川に架かった橋を探す。

「姉上、危のうございます！　ここを繋（つな）ぐ橋でしたら先ほど、火消しが壊して参りました」

門作が山彦（やまびこ）を呼ぶように両手を口元に当てて叫んだ。

「危ないだって？　そんなのはあんたに言われなくたってわかっているさ！　臆病（おくびょう）

者は、黙ってな！」

「臆病者ですって？　なぜ、姉上にそんなことを言われなくてはならないのですか？」

門作は友人の手前、決まりが悪いのだろう。ことさら強い口調で言い返してきた。

「おツルさんの部屋はどこだい？　誰か、知っている人はいないのかい？」

峰は門作には気にも留めずに大声を張り上げた。

「長屋の入口だよ！　けどもあのおツル婆さんのことだ。いの一番に逃げ出しているに違いないさ」

どこかから声が聞こえた。

と、川の向こうで、辛うじてまだ火が回っていない長屋の入口の障子がゆっくりと開いた。

「きゃあ！」

火事場見物の人々の中から、悲鳴が響き渡る。

開いた障子の向こうに、皺(しわ)だらけの手が覗(のぞ)いた。

手は力なく虚空を摑(つか)む。だが、いくら待っても顔が現れる様子はない。

腰を抜かしてしまったか、転んで怪我をしたのかで、立ち上がることができないのだろう。

「嘘だ！　おツル婆さんは、まだあの部屋にいるってのかい？　このままじゃ焼け死んじまうよ！　おーい！　まだ中に人がいるぞ！」

男の声が響く。

また風が強く吹いた。

対岸の火消したちは、既に延焼を防ぐために近所の家を壊しにかかっている。こちらからいくら叫んでも、風上で駆け回っている火消しに声は届かない。

峰は背負った梯子を土手の草むらに放り投げた。

燃え盛る炎を見つめて、大きく息を吸う。

「姉上、まさか助けに行かれるおつもりですか？　無理でございます。炎に巻かれて死んでしまいます！」

門作の悲鳴が響き渡る。

「それじゃあんたは、ここでぼけっとおツルさんが焼け死ぬのを見物しているつもりかい？　どいつもこいつも、趣味がよろしいお方ばかりだね！」

峰は門作と人だかりを睨み付けた。

「ですが姉上は、女子でございます。いくら普請で身体を鍛えようとも、女子の力では人ひとりを抱えて炎の中を逃げることなど、できるはずはありません」

「それじゃあ、男どもは何をしているってんだい？」

峰は叫んだ。

小川の水にざぶんと両足を浸す。顔に炎の熱を感じているからか、水の冷たさはわからない。思ったよりも川の流れが速いので、泳ぐことはできない。上半身をまっすぐに保ち、水の中を一歩一歩前へ進み出す。

障子の向こうの枯れ枝のような手が、まだつかまる場所を探しているように左右に動いている。

ツルはこの状況でも、まだ生きる気だ、と思う。往生際悪く、どうにかして立ち上がって逃げ出そうとしている。

その光景が、峰が前に進む心の支えとなる。

「姉上、どうしてそこまでなさるのですか？　どうかおやめください！」

「うるさい！　何が何でもおツルさんを助けなくちゃいけないんだよ！」

峰は目の前の水の流れを力いっぱい手で押しのけた。

「おツルさんとはどんな仲でいらっしゃいますか？　わたくしはまったく存じませんが、姉上が屋敷を出てからお知り合いになった方ですか？」

「あんたも一度会っているよ！　怖い怖い、妖怪婆さんさ！」

峰は口に入った水を、勢いよく吐き出した。

「えっ？」

「おツルさんは、お綾ちゃんの亡くなった亭主のおっかさん、お姑さんさ。お花のばあちゃんだ！　人騒がせな偏屈婆さんだけれど、あの子たちの家族だよ。きっと助けなくちゃいけないんだ！」

どうにかこうにか対岸に辿り着いた。目玉が焼けるような熱風が吹きすさび、火の粉がそこかしこに舞い落ちる。

濡れた着物を絞る間もなく、一目散に土手を駆け上がった。

「あっ！」

峰は息を吞んだ。

ツルの部屋に火が移った。

炎が屋根を這う。黒い煙が一筋、部屋の奥から立ち上る。

「おツルさん！　聞こえるかい？　返事をしておくれよ！」

無我夢中で叫んで走り出す。

「お峰、もう駄目だ！　戻れ！」

振り返ると、長屋から少し離れたところで与吉が怪我人を背負っていた。

「諦めろ！　見ちゃいけねえ！」

与吉の顔が歪む。

風向きが変わり、煙がまともにこちらへ流れてきた。

「うわっ！」

峰は思わず両目を強く瞑った。

喉が焼かれるように痛む。嫌だ、嫌だ、と胸の内で叫びながらも、足が一歩また一歩と長屋から後ずさってしまう。

「姉上、わたくしにお任せください！」

「へっ？」

空耳かと思った。

振り返ると、頭の先まで濡れそぼった門作が、兎のように跳ねながら煙の中に飛び込んでいった。

3

「門坊、よくやった！　見直したぞ！」

与吉が門作の焼けて縮れた髪を乱暴に撫でた。

「いててて。頭巾をかぶるのを忘れてしまったことが、たいへん悔やまれます」

門作が笑顔で与吉から逃げ出した。月代には痛々しい火傷の痕がいくつもある。

「ほんとうに門坊は良い子だよ。ご褒美に、みたらし団子をたくさん、たくさん、こさえてあげるからね。まずは煤を拭いてあげなくちゃねえ」

芳は門作の焼け焦げた着物を脱がせながら、泣き顔をしている。

「あっ、お芳おばさん、それはこちらに」

門作が、焦げて色が変わった緋色の絞りの布切れを素早く手に取った。

皆の目を避けるように、拳の中に握り込む。

「門坊、ありがとうね。お義母さんは無事だって知らせがあったわ。高砂町のお義兄さんの家に引き取られて、手厚く面倒を見てもらえることになったそうよ」

花を抱いた綾が、土間で行水を使う門作の顔を覗き込んだ。

綾は門作の火傷だらけの身体にちらりと目を走らせてから、もう一度、

「ありがとうね」

と囁いた。

「お兄ちゃん、ありがとう。お兄ちゃんって素敵だね」

花が、門作のぼろぼろの風体に驚いた様子で、零れ落ちそうに丸い目をした。

「おツルさんの無事は、何よりだよ。それに加えてな、俺は、門坊のことが嬉しくてならねえんだ」

与吉が誇らしげに言った。

「わたくしのことでございますか？」

門作がきょとんとした顔をした。

「そうだよ、門坊、お前だよ。獅子丸組が上方へ帰っちまってから、お前は腑抜けちまっただろう？　そりゃ、無理もねえさ。職人にとって毎日精を出していた仕事を失うってのは、生きる意味を失っちまうのと同じだからな。でも、昼過ぎまで寝ては、陰気な仲間と深酒をしてばかりの日々だって聞いてね、ずいぶん気を揉んでいたのさ」

与吉は敢えて〝お富〟の名を出していないとわかった。

「陰気な仲間、ではございません。漢詩を書くには、己の心の奥深くに入らなくてはなりませんので、傍からはそのように見えるかもしれませんが……」

門作が不満げな顔をした。

「ああ、そりゃ悪かったよ。俺にゃ、難しいことはわからねえさ。でもな、門坊がこうして人を助けたってのが、俺にとっちゃ泣けるほど嬉しい話だよ」

「門坊、あんたはもう平気だね」

芳が力強く頷いた。

「平気に決まっているわよ。門坊はお義母さんの命の恩人よ。お義兄さんも、泣いて喜んでいらしたわ。明日には読売にも書かれて、お江戸じゅうの人が門坊のことを知ることになるかもしれないわね」

綾が誇らしげに言った。

「わたくしは、姉上の手助けをしようとしたまでです。姉上に先を進んでいただかなかったら、火の回った長屋に飛び込もうというような勇気などございませんでした」

門作が峰に目を向けた。

「ぜんぶあんたの手柄だよ。しかし門作があんなにすばしっこいとは知らなかったよ。怠けるあんたを追い回してくれた、叔父上のおかげだね」

峰は笑って門作を手で示した。

「姉上にまで、そんな姉上らしからぬ優しいお言葉をいただけるなんて……。これほど褒められたのは、生まれて初めてでございます。人助けとは良いものですね。

わたくしは、これから火消しを目指そうかと心が揺れております」

門作がおどけた様子で頭を掻いて、「いてて」と顔を顰めた。

「お兄ちゃんは、火消しになるの？　大人ってのは、いろんなことができていいなあ。お花も大きくなったら、大名のお姫さまと、団子屋さんと、普請の大工と、甘酒屋さんになるのよ」

「そうか、お花なら、きっとなれるぞ。すべてなれるさ」

門作が〝甘酒屋さん〟と聞いて、寂しそうに目を細めた。

「今日は、泊まっていくんだろう？　火傷は、一晩寝てから悪くなることもあるっていうからね。それでなくても身体が疲れて、高熱が出てもおかしくないさ。ここにいたら私が面倒を見てやれるんだから、それが一番だよ」

芳は早速夕飯の献立を考えているのだろう。土間の竈に目を向けた。

「もしもご迷惑でなければ、お言葉に甘えさせていただければと」

門作がはにかんでぺこりと頭を下げた。

「迷惑なはずがあるかい。どこまでも他人行儀な奴だねえ」

与吉がわざとそっぽを向いた。

「姉上、落ち着かれましたら、少し二人でよろしいですか？」

門作が笑顔で囁いた。

「落ち着かれましたら、って、こっちは、あんたが落ち着いたらいつでもいいさ。疲れたろう？　少し眠ってはどうだい？」

「いいえ、平気です。もしよろしければ、今から近くを歩きに参りませんか？」

「えっ、今からかい？　ああ、まあいいよ」

「気をつけて出るんだよ。あまり遠くに行っちゃいけないよ」

芳が声を掛けた。

「おっかさんの言うとおりよ。今夜は、門坊のためにご馳走を作るんだからね。お峰ちゃん、暗くなる前には帰っておいでよ」

「お兄ちゃん、どこか出かけちゃうの？　お花も一緒に行きたいよう」

「お花は、今日はお留守番よ」

綾は〝お富〟の話になると察した様子で、峰にちらりと目配せをした。

4

夕暮れの町に火事の後のきな臭い臭いが漂っていた。

火はツルの住んでいた長屋を残らず焼き尽くした。しかし、火消したちの奔走のおかげか、周囲に焼け移ることはなかったようだ。

住人もツルを始めとして火傷をした者は数人いたが、それも命に関わるような大ごとにはならなかった。

お江戸の火事の多さを考えれば、小火と言ってもいいくらいで収まったといえるだろう。

「ずいぶんと寒さが和らいで参りましたね。真冬でしたらこんな風の日は、決して外に出る気分にはなれません。もう春はすぐそこでございますね。いてて、目に砂粒が入ってしまったようです」

門作は向かい風に目を細めた。

「お富さんの赤ん坊も、そろそろ無事に生まれた頃だろうね。冬の寒さの短い年で、何よりだよ」

峰の言葉に、門作は呆気に取られた顔をした。

ふっと笑う。

「さすが、姉上は一切容赦がございませんね。皆に腫れ物に触るような顔で気遣われているよりも、かえってすっきりいたします」

「ここ最近のあんたの様子を見ていたら、皆が気遣うのは無理ないさ」

峰の心の目に、与吉の家で富からの手紙を手にしたときの門作の姿が浮かんだ。薄い手紙をあっという間に読み終えた門作は、

「やあ、よかった。お富さんのご亭主が戻られたのですね。これほど幸せなことはありません！」

と声を張り上げた。

「わたくしは、この形が何より良いと思っておりました。なぜって、子は実の親の下で暮らすことが何よりも幸せです。正直なところ、いくらわたくしがお人よしといえども、さすがに赤の他人の子を育てるのは荷が重いのではと憂慮しておりました」

ほっと胸を撫でおろす仕草をしながら、門作の目はうつろに一点を見つめていた。

「きっとお富さんは、わたくしの心の迷いを見抜いていらしたのです。すべてはわたくしのせい。お富さんには申し訳ないことをしてしまいました」

己に言い聞かせるように呟いて、門作はふらつく足取りで外へ出ていった。

「ねえ、門坊、ちょっと待ってよ。どこへ行くの？」

綾が呼び止めても、門作は振り返る気配も見せなかった。

それから門作は与吉の家に顔を見せることもなく、日がな一日酔い潰れ、漢詩の

仲間と自堕落な生活を送っていたと聞く。

「私だって、あんたのことが気になって仕方なかったさ。でももう平気だね。あんたは、あの炎の中、おツルさんの命を助けた立派な男だよ。その縮れ頭に火傷だらけの顔を見たら、お江戸中の若い娘たちがあんたに熱を上げるさ。いろんな娘との逢引きで忙しくて、お富さんのことなんてすぐに忘れちまうさ」

「姉上、わたくしをからかうのはおやめください」

門作は苦笑いを浮かべた。

「話ってのは何だい？　わざわざ二人きりで、なんていうから、身構えちまったよ」

場が和んだところでさりげなく訊いた。

「皆さんの前というのは、さすがに恥ずかしくて勇気が出ないので……」

門作が頭を掻いた。

懐に手を入れ、一冊の手書きの本を差し出す。

「柏木……舒亭、ってこれはあんたのことかい？　偉い学者みたいな、いかめしい名だねえ」

中を見ると、美しい筆遣いで漢詩がびっしりと書きつけてある。

「はい、舒亭はわたくしの号でございます」

門作はひっそりと答えた。

「じゃあこれはあんたの本ってことかい？　見事なもんだねえ。生憎、私は漢詩なんてさっぱりわからないけれど。どんなことを書いた詩なんだい？」

峰は勢いよく頁をめくった。

門作が漢詩を書いていることはずっと前から知っていた。しかし実際に出来上がったものを目にして、手で触れるのは初めてだ。

寸分違わぬ大きさの漢字がまるで模様のように並んでいる姿は、美しい。峰にはさっぱり読み解けないこの漢字の羅列の中に、人の心、人の想いが込められていると思うと、より美しさが増して見える気がした。

「ご勘弁ください。漢詩の意味を作者が説くのは、さすがに無粋が過ぎます。わたくしはただ、姉上にこの本を見ていただきたかっただけです」

門作は小さく笑った。

「しばらく顔を見せない間、あんたはこの本を書いていたってことなんだね？」

頁をめくる峰の心ノ臓がぎくりと震えた。

漢詩の中で使われた〝死〟の文字が目に飛び込んできた。

どんな文脈で使われているのかはわからない。だが、血をわけた弟の丁寧な筆遣いで書かれた〝死〟という文字には、肝が潰れる思いがした。

「姉上、やはりこの世はわたくしには辛うございます。この世の物事に向き合って生きることは、わたくしには辛すぎる苦行でございます。わたくしは残りの人生を、己の夢の中、己の嘘の中で、過ごしたく思います」

門作が力ない目を空に向けた。

「何をそんなに気弱なことを言っているんだい。あんた、おツルさんを助けてくれたじゃないか」

「それとこれとは別の話です」

門作は静かに首を横に振った。

「それじゃあ、このままずっと自堕落な生活を送りながら、己を慰めるための漢詩を書いて生きていきたい、ってそういう話かい？」

「自堕落、という言い方は違います。己の心の中を見つめるためには……」

峰を窘めるように説く姿が気に障った。

「ああ、うるさい！　あんたはやっぱり、甘ったれの大馬鹿者だよ！」

峰は手にした本を真っ二つに破り捨てよう――として、思い止まった。

代わりに門作の胸に向かって勢いよく放り投げる。

「あんたがどうしてそんなに生きることに苦しんでいるか教えてやるよ。それはね、四六時中、己のことばかり考えているからだよ！　己の心がどうだこうだって、まっとうな奴はそんなこと考える暇なんかありゃしないんだよ！」

「その、まっとう、というのはどういう意味でしょうか？　己の心の内を省みることなく銭金や私欲のために生き続けることが、〝まっとう〟ということでしたら、わたくしはそんなもの……」

門作は眉根(まゆね)に力を込めた。

「〝まっとう〟ってのはね、人さまのために生きているってことだよ。家族のためでも、お客のためでも、道で困っている人のためでも、何だっていいんだ。人さまのために生きていない奴ってのは、あんたみたいに生きるだ死ぬだって軽々しく口に出して気を病むんだよ。今日のあんたは、おツルさんのために全力を尽くした、まっとうな大人だったさ。でもそれは、幻だったようだね」

「人さまのため……でございますか」

門作が毒気を抜かれた顔をした。

「そうさ。あんたが身を削って必死になって作り出す漢詩の、その嘘の世界は、誰かの役になんて立ちゃしないだろう？」

「芸事とは、薬のようにはっきりと効き目がわかりやすいものではございません。もっと崇高な……」

言い返す門作の声に先ほどの力はない。

「私は先に帰るよ。お芳さんが夕飯を用意して待ってくれているんだから、臍を曲げずにちゃんと戻るんだよ」

峰はくるりと踵を返して、もと来た道を早足に戻った。

5

次の朝、門作は高熱を出した。

「お兄ちゃん、葛湯ができましたよ。おばあちゃんの葛湯は、生姜がたっぷり効いて身体があったまりますよ」

門作の枕元にちょこんと座った花が、湯呑を差し出した。

「お花、ありがとうね。熱が下がったら、すぐにいっぱい遊んでやるよ。鬼ごっこをしようかねえ、それとも双六を作ってあげようか……」

荒い息をした門作は、真っ赤な目で虚空を見上げた。

「お兄ちゃんの身体が治ったら、河童の絵を描いてちょうだいな。水の奥の河童の国で、家族仲良く暮らしているのよ」

「お花、門坊は病気なの。用が済んだらあっちに行っていなさい」

綾が窘めた。

「河童か。小さい頃に、河童の本を読んだなあ……」

門作がうわ言のように呟く。

「ちょっと黙って大人しくしていな。後で、《ごくらくや》で冷やし飴を買ってきてあげるよ。冷やし飴っていってもね、あそこでは、寒い時季は冷やし飴を温めて売っているんだよ。生姜味はもちろん、抹茶味や、ヤギの乳を入れた味やら、いろんな味があって、若者に大人気だって話さ。杢兵衛さんってのはまったく根っからの商売人だね」

峰はわざと明るい声を出した。

「たまには熱を出すのも、悪くはありませんね。昨日の姉上との気まずい隔たりが、あっという間に消えました。わたくしは嬉しゅうございます」

門作が弱々しく笑った。

「馬鹿なことを言うんじゃないよ。たくさん休んで、早く治すんだよ」

峰は仏頂面をした。

「お峰、門坊は私がちゃんと看ているからね。あんたは憂慮せずに仕事に出ておくれよ」

芳が門作を覗き込む。

「もちろん、そのつもりですよ。門作ってのは、私が甘やかして始終枕元にいてやったら、調子に乗ってもっと具合が悪くなるような奴です」

峰はわざと大口を開けて笑った。

門作も一緒に笑ったのだろう。布団が少し揺れた。

「失礼するよ。門作さまの具合はどうだい？」

戸口のところで声が聞こえた。

「あらまあ、その声はお義兄さんですか？　……おっかさん、どうしよう、孝之助お義兄さんだわ。お義母さんに何かあったのかも」

綾が、門作には聞かせないように囁いた。

「何を気弱なことを言っているんだい。おツルさんは平気に決まっているだろう。はいはい、今すぐ！」

芳が早足で土間に下りた。

「門作さまのお具合はいかがですか？　このたびは、母をお救いいただいて、ほんとうにありがとうございます。門作さまは母の命の恩人でございます。こちらは、つまらないものですが、お礼とお見舞いにと……」

現れた孝之助は、紫色の風呂敷包みを差し出した。

中年らしく腹の出た風貌に似合わない色白で小作りな顔は、どことなく気弱そうに見える。だが、よくよく見ると顔立ちはなかなか整っていた。若い頃は女形のような見栄えの良い姿だったに違いない。

「あらあら、ご丁寧にどうもありがとうございますね。まあ、羊羹ですか。門坊は甘いものが好きですからねえ。後ほど門坊の身体が戻ったら、喜んでいただきますよ」

芳がにこやかに答えた。

「お綾、門作さまの熱はずいぶんと高いのかい？」

孝之助が身内への話し方をした。

「今はまだ少し辛そうにしています。でもなんてったって若いですから。すぐに良くなると思います。それよりも、お義母さんのほうはいかがですか？　煙をたくさん吸われたようで、気になっていました」

綾もいつもより低い声で、早口で話す。

「それが、ちょっと面倒なことになった」

孝之助の眉間に皺が寄った。

「お義母さんの身体に何か？」

「いや、身体は平気さ。火傷もほとんどなく、打ち身や痣といった怪我さえない。己の身を犠牲にして、よほど大事に運び出していただいたんだろうと、門作さまには感謝の限りだよ」

孝之助が部屋の隅で寝込んでいる門作に、頭を下げた。

「ただね、身体は良くても頭の調子が少しね……」

孝之助が己のこめかみに人差し指をとん、と当てた。

「あらあ、えっと、それは……」

綾が口元に手を当てて困った顔をした。

「わかっているさ、母さんは善次郎が亡くなってから、少々惚けが始まっていた。善次郎はお綾にいじめ殺されたんだって妄想に取りつかれて、ずいぶん迷惑をかけたようだね。私も気になってはいたんだが、入り婿の身としてはそうちょくちょく様子を見に帰るわけにもいかなかった。許しておくれよ」

孝之助が仕立ての良い着物の襟もとを直した。

「少々惚けが……って、あれを、少々って程度で片付けられちゃあ敵わねえけれどなあ」

与吉が峰の耳元でこっそり囁いた。

「それで、お義母さんはどんな調子でしょうか？　もしかして、私が付け火をしたなんておっしゃっていますか？」

綾が硬い声で訊いた。

「いや、火事で死にかけて、ずいぶん心が乱れたのだろうな。お綾のことはもう忘れてしまったようだ」

「忘れてしまった、ですって？　いや、まあ、私のことを忘れて心穏やかに過ごしていただけるなら、文句はちっともありませんが……」

綾が拍子抜けした顔をした。

「母さんは、今すぐに家に帰りたいというんだ。いくら言って聞かせても、己の家が跡形もなく燃えちまったってことがわからないようだ。家に帰りたいと泣いて、しまいには、妻がせっかく用意してくれた離れの屋敷を逃げ出したんだ」

「えっ、じゃあ、お義母さんは今どこに？」

「安心しておくれ。近所の人がすぐに教えてくれたよ。通りすがりの襤褸長屋に勝手に入ろうとして、大騒ぎになっていたようだ。今は、下男に離れの戸口の前で見張りをさせているよ」

「そりゃ、困りましたねえ。この齢になると、どんなお屋敷で暮らすよりも暮らし慣れた家に戻りたい、っておツルさんの気持ちが痛いほどわかりますから、余計ねえ……」

芳が片頬に掌を当てた。

「与吉さん、どこか入口の一部屋が空いている長屋を知りませんかね？　母の前住んでいたところはかなりの襤褸でしたからね。なるべく古めかしい、屋根が傾いでいるようなところで構いません。雨漏りや隙間風を与吉さんのところで手直ししていただいて、母にはなるべく早くにそこに入ってもらおうと思っています」

「そりゃ、探せばあるにゃ違いねえが、まだ火事が起きて昨日の今日の話だよ。もう少し様子を見てはどうだい？」

与吉は歯切れの悪い調子だ。

「もちろん、私としては、そうしたいのはやまやまなのですが……」

孝之助が助けを求めるような目を綾に向けた。

「いろいろ、ご都合もあるのよ。お義兄さんの奥さまのお宅は、福砂堂って代々続く由緒正しい漢方の薬屋さんよ。万病に効くってうたっている薬屋さんのおうちで、病人が逃げ出して面倒を起こしたり、長く寝付いていたりってわけにはいかないわ」

綾が与吉に必死の顔で目配せをした。

「ああ、そうかい。入り婿ってのは、思っている以上に気苦労が多いんだねえ。そういうことなら、仕方ねえな。任しておきな。息子に肩身の狭い思いをさせたいなんて、おツルさんも思っちゃいねえだろうからな」

与吉が頷いた。

「母は、昔から私には頓着しない人でした。長子の私に婿入りの話があると聞いたときも、『そりゃよかった』の一言で片付けるようなあっさりしたものです。私は幼い頃から出来の悪い子でしたからね。福砂堂に婿入りしてからは、母とは数えるほどしか会っていません。厄介払いできてよかったと思っていたに違いありません」

孝之助が寂しそうに笑った。

「私を妻の家に〝くれてやった〟分、善次郎のことは目の中に入れても痛くないほどの可愛がりようでした。善次郎はほんとうに心根が優しくて賢い、すべての人に好かれるような良い子でしたからね」

善次郎の名前に、皆が俯いた。

「あれから母は言っています。『早く家に戻って、善次郎の夕飯を作ってやらなきゃいけないよ』ってね。私の名は一言だって口にはしませんよ」

孝之助はやり切れないという顔をした。

「お義母さん、善さんが亡くなったことも忘れてしまっているんですね？」

綾が身を乗り出した。

「ああ、そうだ。善次郎のことをずっと探しているよ」

孝之助は暗い声で答えた。

6

「そんなわけで結局、俺の出番になったたってわけか」

五助が早足で進む。

「難しい仕事を悪いねえ。でも五助さんしか頼む人が思いつかないんだよ。おツルさんの胸の中にしかない家を、一からこさえるなんてことね」

峰は肩を竦めた。

孝之助の求めに応じて、ツルが住んでいた長屋の部屋に似たところを、与吉がいくつか見繕った。

「ほら、母さん、家に戻ってきたよ」

孝之助の言葉に、ツルは妙な顔をした。

「あんた、いったい何を言っているんだい？　ここは私の家なんかじゃないよ。年寄りだと思って、騙そうって魂胆だね？」

ツルは顔を赤くして噛みついた。

「私は善次郎の夕飯を作らなくちゃいけないんだ。こうしている間にも善次郎が、泥んこになって川遊びから戻ってくるかもしれないよ。帰ってきて私の姿が見えなかったら、母ちゃんどこだい？　って泣いちまうよ。早く戻らなきゃいけないんだ。家に帰しておくれよ！」

ツルは孝之助に摑みかからん勢いだ。

「いや、母さん、ここだよ。ここが母さんの家……のはずだよ？　たしかきっと、こんな感じの家だったろう？」

連れて行った部屋は、ツルが慣れ親しんだ家ではないのはほんとうだ。

孝之助の言葉にも、どうも力が入らない。

「たしかきっと、ってそりゃ、どういうことだい？」

ツルは抜け目なく言葉尻を捉えて、「ああ、馬鹿らしいったらないね」と吐き捨てた。

「どうにも嘘は得意ではないものでして……」

孝之助が汗を拭いて囁いた。

「おツルさんは似たような長屋を用意したくらいじゃ、誤魔化されねえってことだな。どうにか他の方法を考えねえとな」

与吉が両腕を前で組んだ。

「孝之助さんよ、おツルさんの住んでいた長屋の部屋ってのは、どんな造りだったんだい？　柱とか、梁の形とかに、何か目立つところはあったのかい？」

「いやあ、私の頭の中に残っているのは、至って普通の貧乏長屋の部屋だったとしか……。何せ、私が福砂堂に奉公に出たのは十のときですから、もう二十年も前になります。思い返してみるにもぼんやりしていて。卓袱台や調度品ならばこんな感じだったと答えることもできますが、部屋の造りってのは、さすがに十の子供でしたからねえ」

「おツルさんに直に訊いてみるしかないかね。でも人ってのは、己が毎日目にしているものは案外頭に残らないものだろうがねえ。それを訊き出しておいて、さらにお江戸中にある長屋の中からぴったりの家を見つけるってのは、いやあ、なかなか難しい話ですぜ」

与吉は渋い顔をした。

「それでは一から家を作っていただくというのはいかがでしょう？　妻は火事のことを聞いて、お義母さんはこれから我が家の離れで暮らしてはどうだと持ち掛けてくれました。長屋の部屋くらいの小さな家でしたら、裏庭の隅に建てることを許してもらえるかもしれません」

孝之助が気弱な目をした。

「それなら、いい職人がいますよ。言うとおりの家をぴったりそのままに作ってくれる、って作事大工がね。ただ、おツルさんが前の家のことをどのくらい正確に話してくれるかはわかりませんが……」

峰の言葉に、与吉が「そうか、五助がいたな」と、頷いた。


通りの向こうに福砂堂の暖簾が見えてきた。

万病に効くという福寿丸、という薬でお江戸の皆に知られる老舗の薬屋だ。立派な店構えに、人がひっきりなしに出入りする。

薬を買い求めにやってくるのは病に倒れたその人ではなく、病人を案じる身内の誰かだ。暖簾を潜る顔は皆深刻で、出ていく姿はほっと気が緩んで見える。

店先に近づくと、薬を煎（せん）じる濃い草の匂いが漂ってきた。

「ごめんください。職人が参りました。孝之助さんはいらっしゃいますか」

声を掛けると、丸髷（まるまげ）姿の太った女が「はいはい、お待ちしていましたよ」と気さくな様子で出迎えた。

「主人でしたら、離れにおります。今朝ほどまた、お義母さんの姿が見えなくなる騒ぎがありましてね」

女があかぎれだらけの手を前掛けで拭いた。

「主人……、ってことは、あなたが福砂堂の跡取り娘さんですか」

峰は目を瞠（みは）った。

働き者らしいきびきびした早足に早口、少しも偉そうなところのない物腰から、長く働いている女中頭かとばかり思っていた。

よくよく見ると、唇にはきちんと紅を差し、地味な色遣いながら仕立ての良い着物を着ている。

「ええはい、そうですよ。跡取り娘、って齢（とし）じゃありませんけれどね。孝之助の妻の八重（やえ）でございます」

八重は頼もし気に胸を張った。

「主人は火事の日から萎れ切っていましてね。ここのところ夜もろくに眠れちゃいないみたいなんですよ。あの人は昔から、妙に気を回しすぎるところがあるので……」

八重が気を揉む顔をした。

「おツルさんが早く落ち着くよう、私たちで精一杯やらせていただきます」

峰は頭を下げた。

「早く、だなんて、本当はそんなことちっとも気にしなくていいんですよ。困ったときはお互い様ですから」

八重が己の胸元をどんっと叩いた。

「ってことは、このお屋敷の綺麗なお庭に、偏屈婆さんが暮らす襤褸長屋を建てちまっても、文句はねえってことですね？」

五助がぼそっと口を挟んだ。

八重はきょとんとした顔で五助を見据える。

と、丸い顔が豪快な笑顔に変わった。

「そりゃ、偏屈婆さんに襤褸長屋、なんて言われちゃ、なんだか私はいい顔をしすぎたかしらねえ、って思いますけれどね」

八重はおかしくてたまらないという顔で、肩を揺らす。

「でもね、一旦、私がいいって言ったらいいんです。薬屋の女将に二言はありません。私は、主人に――お義母さんに、楽な気持ちで暮らしてもらいたいんですよ。これまでご無沙汰を重ねてばかりで、嫁らしいことなんてひとつもできちゃいないんでね」

八重はきっぱりと言った。

「できた女房だな。できすぎだ」

離れに続く渡り廊下を進みながら、五助が呟いた。

「お八重さんかい？　なんだかとても感じのいい人だったね。お婿さんを取るような大店のお嬢さま、っていうんで、もっとつんと取り澄ました人かと思ってたよ。この世にはどんなに恵まれて育っても、生まれつき心根の良い人ってのがいるもんだね」

峰も声を潜めた。

「馬鹿を言え。元から心根の良い女なんていやしねえさ。女ってのはみんな、我儘で高慢で己のことしか考えていねえもんだ」

五助が鼻で笑った。

「なんだい、その毒口は。五助さんはこれまでよほど女運が悪かったんだろうね。かわいそうに」

　峰は五助をきっと睨(にら)んだ。

「お八重は、己の亭主によほど惚(ほ)れ込んでいるんだろうよ。いくら婿養子っていったところで、老舗の大店の娘と襤褸長屋から出た奉公人が夫婦(めおと)になったってのは、どんなからくりだ？　って思っていたけれどな。女房に会ってみて謎が解けたさ」

「お八重さんが、奉公人だった孝之助さんに惚れ込んで、周囲を説き伏せて夫婦になったってことだね」

「それ以外に考えられねえだろう。きっと元のお八重なんてもんは、親の言うことにも平気で歯向かう、甘やかされて育った強情娘さ」

　五助はおどけた仕草で背後を振り返ってみせた。

「惚れ込んだ孝之助さんが側にいるおかげで、お八重さんはあんないいお内儀(かみ)さんになった、ってわけかい。素敵な話だね」

「そんな女々しい言い回しは、どうも気に喰(く)わねえけれどな。さあ、着いたぞ」

　五助が離れの入口で足を止めた。

　天井の梁を見上げ、ふんっ、と鼻を鳴らす。

「いいんだよ。私のことは構わないでおくれよ。私は家に帰らなきゃいけないんだ」

金箔で彩られた豪奢な襖越しに、ツルの声が漏れ聞こえてきた。

7

「おツルさん、教えてくださいな。おツルさんの暮らす家の土間は、どのくらいの広さだったでしょうか？　框はどれくらいの高さでしょう？」

峰は帳面を手にして、ツルの顔を覗き込んだ。

「どのくらい、ってのは、いったいどういう意味だい？」

逆に訊き返されて、ぐっと黙る。

普段その部屋で暮らしているツルが、尺を使って寸法を測っているはずはない。

「ええっと、戸口から框までは、この竹尺のどのあたりまであったでしょう？」

峰は己の胸元に長い竹尺を当ててみせた。

「考えたこともないさ。あんた、何のためにそんな妙なことを訊くんだい？　もしかして、この男と一緒に私を騙そうっていうんじゃないだろうね？」

ツルが傍らの孝之助に疑い深そうな目を向けた。

「母さん、私を思い出しておくれよ。長子の孝之助だよ」

孝之助は辛そうに俯いている。

「私には孝之助なんて子はいないよ」

ツルが面倒臭そうに手で払う仕草をした。

黙って見ていた五助が、急に立ち上がった。

離れの障子に近づくと、がたんと音を立てて外の雨戸を閉じる。陽の光が雨戸に遮られて、離れの部屋の中は真っ暗になった。

「何を始めるつもりだい？」

孝之助が不安げな顔で周囲を見回した。

「婆さん、ちょっと失礼するぜ」

五助がツルの手を引いた。部屋の真ん中に連れて行く。

「目の前が真っ暗だよ。気味が悪いねえ」

ツルの不満げな声に、臆病心が透けて見える。

「さあ、婆さん、ここがあんたの家だ」

五助が力強い声で言った。

「ここが私の家だって？　そんなはずは……」

「真っ暗闇に隠れちまっているだけさ。この家があんたの家じゃないって証拠だって、見えやしねえだろう？　さあ、今戸を開けたところだよ。住み慣れた家に戻って、早く休みな」

五助はそれきり黙り込んだ。

ツルの背後にしゃがみ込む。

「いったい何なんだい？　もう私は、何が何やらさっぱりわからないよ。あれからずっとなんだ。頭の中がわからないことでいっぱいなんだよ」

ツルはしばらくその場で立ち竦んでいた。

「誰かいるかい？　助けておくれよ！」

暗闇の中で、皆が黙り込む。

「ここが私の家だって？　そんなはずあるかい？」

言いながら、ツルが数歩歩みを進めた。

五助が同じ距離を保ってぴたりと背後に張りつく。

ツルは立ち止まり、手をゆらゆらと左右に伸ばした。

畳の上に膝をついて、右手をまっすぐ前に動かす。

「おかしいねえ」

ツルの声が険しくなった。立ち上がってまた数歩先に進む。天井に顔を向ける。

ちょうど己の背丈あたりの虚空を、幾度も叩く。

「思ったとおりだ！　ここは私の家なんかじゃないよ！」

ツルが怒鳴った。

「婆さん、おしまいだ。妙な遊びに付き合わせて悪かったな。これもあんたのためだから堪忍しておくれよ。お峰、俺は危なっかしくて婆さんから離れられねえ。代わりに雨戸を開けてくれ」

五助が両手をぱちんと打ち鳴らした。

峰は勢いよく雨戸を開ける。外の光が再び部屋の中にわっと差し込んだ。

「またあんたかい！　私に何の恨みがあるっていうんだい？」

ツルが真っ先に孝之助に詰め寄った。

「私は家に帰らなくちゃいけないんだ！　善次郎が、母ちゃんのことを待っているんだよ！」

「わわっ、母さん、どうかどうか静まっておくれ。五助さん、今のはいったい何のおふざけだい？」

孝之助はツルに着物を摑まれて、閉口した顔だ。

「さっきので、婆さんが住んでいた家の間取りも尺もすべてわかったさ。婆さんが胸の内で思い描いているとおりの家を、作ってやるよ」

五助が頷いた。

「母の仕草を見ただけで、わかったってことかい？」

孝之助が仰天した顔をした。

「あのくらいの年寄りなら、夜は目が利かなくなっているのは当然だ。暗くなったら行灯をいくつも灯すなんて無駄なことはせずに、手探りで暮らすんだ」

五助が答えた。

「どうなることやらわからないけれど、私は母さんが落ち着く家ができさえすれば、それでいいんだ。どうぞよろしく頼むよ」

孝之助はほっと息を吐いた。

「お前たち、悪事の相談かい？　私の大事な善次郎を攫おうって話をしているんじゃないだろうね？」

ツルが割って入った。

「いや、そんなことは決してないさ。善次郎は平気だ。安心しておくれ」

孝之助が寂しそうに答えた。

8

与吉の家では、門作は布団に横たわっていた。

「門作、具合はどうだい？　少しは何か口にできそうかい？　《ごくらくや》の杢兵衛さんが、門作にくれぐれもお大事にと伝えておくれ、って言っていたよ」

峰は大きな虎柄の湯呑を門作の枕元に置いた。

「冷やし飴、いえ、温め飴とでも呼びましょうか。何とも甘い良い匂いでございますね。わたくしは、匂いだけでもうじゅうぶんでございます。お花、代わりに飲んでも構わないよ」

門作がひどく咳き込んだ。

「わーい。河童の兄さん、ありがとう。これは河童の国の飲み物なの？」

「そうだ、そうだ。それは河童の国で流行している河童飴、と呼ばれる飲み物だよ。とっても美味しく力が出るよ」

門作がひょうきんな声で応じた。

「二人とも、何の遊びだい？」

峰は苦笑いを浮かべた。

「河童ごっこよ。お兄ちゃんはまだしばらく動けないから、河童になってお花とお話ししてくれるの」

「そうだよ、お花ちゃん。河童の国は楽しいよ。綺麗な水の奥底にあって、怪我も病気も何にもないさ」

門作が裏声を出すと、花がぷっと噴き出して笑った。

「はい、ここいらでおしまいよ。そろそろ門坊は寝る時間だから、静かにしてあげなくちゃ。ちょっとお外に行ってらっしゃい。河童さん、おやすみ、またね」

綾が口を挟んだ。

「はいはい、お花ちゃん、またね。わたくしは早く河童の国に帰って、夕飯の胡瓜を買いにいかなくちゃ……」

「日がな一日臥せっているわりには、楽しそうでほっとしたよ」

峰は小さく笑った。

「外はずいぶんあったかくなってきたね。桜の花ももうすぐさ」

峰は門作の額に掌を当てた。はっとするほど熱い。改めて見ると、高熱で汗の滲んだ額に焼けて縮れた髪が何とも痛々しい。

「おツルさんの様子はどうだい？」

芳が濡れた手拭いを門作の額に置いた。

「身体のほうは驚くほどしっかりしています。頭のほうは……、やはり一刻も早く元の家に戻りたいようですね。ですが五助さんのひらめきのおかげで、どうにか良い形になりそうです」

「五助ってのは、とんでもなく仕事の早い奴だからね。襤褸長屋の一部屋なんて、二日もないうちに作っちまうはずだよ。おツルさんもすぐに落ち着くさ」

与吉がわざと間延びした声で言った。

「おツルさんの胸に残っているとおりの家が、出来上がるといいねえ。なんだか私は、おツルさんがかわいそうでねえ」

「あれだけ家じゅうで迷惑をかけられたってのに、おっかさんは優しすぎるわよ。こんなにあっさり、私のことなんてきれいさっぱり忘れちまっただなんて、人騒がせにもほどがあるわ」

綾がふくれっ面をした。眉が下がり、口元が固く結ばれている。

「そんな意地悪言いなさんな。おツルさんは、もうほんとうに何もかもなくなっちまったんだよ」

「孝之助お義兄さんがいるじゃない。お義兄さんは勘違いしているわ。善さんが生きていた頃、お義母さんはいっつもお義兄さんのことを自慢してばっかりだったんだから」

「そうなのかい？　孝之助さんは、おっかさんに見捨てられたみたいな気分でいるみたいだけれど」

峰は訊いた。

「まさか、その逆よ。孝之助は私たちなんかと違って、偉い人になったんだ、あの子の邪魔になることは決してしちゃいけないよ、なんて嫁の私にまで口うるさく言っていたのよ。お義母さんがお義兄さんの話をするたびに、私はなんだかよくわからないけれど妙にむかっ腹が立っていたわ」

綾が己の胸を掻きむしる真似をした。

「お義兄さんだって、お義母さんがまったく出しゃばらなかったおかげで身分違いの家にすんなりと馴染むことができたくせに、今になって善さんを僻むようなことを言うんだから。善さんは多くない稼ぎの中から、お義母さんにどれほど金を送っていたと思うのよ」

小さな肌着を畳む綾の手つきが、いつになく乱暴だ。

花が寝てしまうと、綾の言葉はぎょっとするほど明け透けになる。

「人ってのは皆、近くから見たら必ず道理の通らないところがあるもんだよ。家族の中で含み事のない家なんて、どこにもないさ」

芳が窘めた。

「ねえお綾ちゃん、おツルさんは、昔からずっと馬喰町のあの長屋に住んでいたのかい？」

峰は綾に訊いた。

「善さんが赤ん坊の頃に、お義父さんが亡くなってからはずっとね。お義母さんは男に交じって人夫をしながら、女手ひとつであの長屋で二人の男の子を育て上げたんだ、ってよく話していたわ」

「そうか、おツルさん、苦労人なんだねえ。お義父さんはそんなに若くに亡くなったってことは、病に倒れたのかい？」

訊いてしまってからひやっとした。

同じように若くして亡くなった善次郎のことを思い出させてしまったかと思う。

「ううん、お義父さんが亡くなったのは病じゃないわ。暮らしていた長屋が火事になったのよ」

綾がぽつりと答えた。

「火事だって？　今のおツルさんと同じような状況かい？」

先ほどよりも、もっと身が縮む気がした。

「ええそうよ。でも前のほうがもっと大ごとだったみたい。お義父さんは火に巻かれてしまったせいで、死に顔も拝めなかったっていうわ。お義母さんの話では、家族皆を助けたところで力尽きたって話だけれど……」

綾が門作の手前、声を潜めた。

「そうだったんだね。お江戸じゃあ火事は珍しくないってことはわかっちゃいるけれどね。二度も大きな火事が重なるってのは、どうにも不運な話だねえ。おツルさんが参っちまうのもわかったよ」

峰はため息をついた。

ふいに、洟を啜る音が聞こえた。

慌てて目を落とすと、門作が布団に横たわったまま大粒の涙を流していた。

「門作、今の話、ぜんぶ聞こえちまったかい？」

峰は気まずい心持ちで訊いた。

門作はこくりと頷く。

「……はい、盗み聞きというには皆さまの声は大きすぎました」

「門坊、ごめんね。寝ているんだとばっかり思っていて。今のあんたに聞かせる話じゃなかったわね」

綾がしまった、という顔をした。

「これでわかりました。わたくしが助けに入ったとき、おツルさんがおっしゃった言葉の意味が」

門作がううっと泣き崩れる。

「おツルさんは何か変なことを言っていたのかい？」

門作は大きく頷いた。

「おツルさんは、わたくしの背で幾度も『待っていたよ』とおっしゃったんです。きっとおツルさんは朦朧とした意識の中で、わたくしと亡くなったご亭主とを間違えたのです」

門作がいよいよ激しく泣く。

「いやいや、その解釈は、あんたの思い過ごしかもしれないよ。ただ単に助けを待っていたってことかもしれないからねえ」

ちょっと気が高ぶりすぎだ、と、峰は窘めた。

門作は物事を膨らませて考えるのが得意だ。ツルの辛い過去に同情するまでは良いとしても、己が勝手に作り上げた物語に泣き濡れる姿は、傍から見ていてあまり恰好の良いものではない。

「お義母さん、そんなことを言っていたのね。そう言われてみれば、お義父さんは小柄で色白な人だったっていうわ。門坊と背恰好が似ていたのかしらねえ」

綾がしみじみと言った。

「お綾ちゃん、あんまり門作をまつり上げないでやっておくれ。こいつは、いっつも考えすぎるからね」

峰は慌てて綾の脇腹を突いた。

9

峰は膝を抱えて、木材を組み立てる五助の手元をじっと見上げた。

「壁の向こうに隠すように大柱を立てるってことなんだね。それは思いつかなかったよ」

孝之助は簡単に長屋の一部屋を建ててくれと頼んだ。だが実は、その工程はかなり面倒だ。

本来の長屋とはたくさんの部屋が連なってできている。幾本も細い柱で支えられている形ならば、多少粗い造りでも潰れることはない。だが、その中のたった一部屋だけ切り出すとなると、当然ながら天井を支えるための頑丈な柱をきちんと立てなくてはいけない。

ほんの三坪ほどの部屋に大柱を立てたら、部屋は柱だらけだ。

五助は孝之助に求められた小部屋より一回り大きな骨組みを作ってから、その中を壁と偽物の間柱で区切って長屋の一部屋を再現した。

「ねえ、五助さん、この家が前に住んでいた長屋の部屋と同じだって思えたら、おツルさんは幸せになれるんだよね」

峰の言葉に、五助はちらりと目だけこちらに向けた。

「婆さんが納得すりゃ、離れから逃げ出して人さまの家に勝手に上がり込む、ってことはなくなるんだろうよ」

五助が窮屈な姿勢で天井を押さえた。

「でもさ、この家でいくら待っていても、善次郎さんは戻って来ないんだよ。今のおツルさんは、それに納得できるんだろうか。あんなに善次郎さんのことを気にしてるってのに……」

五助の動きが止まった。

「俺の知ったことか。俺は俺の仕事をするだけだ」

冷たい目で吐き捨てた。

「職人さん方、失礼するよ」

背後で声が聞こえて、峰は振り返った。

盆を抱えた孝之助が陽ざしに目を細めて、骨組みを見上げていた。

「お八重がお二人にお茶をお持ちしろというものでね。ついでに少し見物させてもらってもいいかい」

孝之助が風呂敷（ふろしき）のかかった盆を框（かまち）に置いた。

「お気遣いありがとうございます」

峰は明るい声を出した。

五助も黙ってぺこりと頭を下げる。

「いやあ、見事なものだねえ。これこそまさに、私が母さんと善次郎と暮らしていたあの長屋の部屋だよ。このちょいと高すぎる框まで再現してあるなんてねえ。ここでは幼い頃によく転んだものさ。寸分違わぬとはこのことだ。どんなからくりだい？」

孝之助はあちこちに目を巡らせた。

「五助さんはおツルさんの手探りの動きを見ただけで、どこに何があるどんな間取りの部屋か、わかっちまうんですよ」

　峰は少々得意な心持ちで説明した。

「この部屋だったら、きっと母さんも自分の家に戻ったって思うに違いないさ。これで私も善次郎を攫(さら)った悪党扱いから解放されると思うと、心底気が楽になる」

　孝之助の顔つきがほっと緩んだ。

「おツルさんの心は、いつの頃に戻っているんでしょうか。きっと、ずっと昔の頃ですよね？」

　峰の言葉に、孝之助は首を傾げた。

「母さんの言っている善次郎ってのは、どうやらかなり小さな子のようだね。私の父が亡くなったのは火事のせいだったから、その頃に戻ってしまったのかもしれないな。ってことは、私だって毎日母さんと一緒にいたはずなんだが……。結局、私は母さんにすっかり忘れられちまったってことだ」

　孝之助が口の端を下げた。

「おツルさんは、家族の内では孝之助さんのことをたいそう自慢していたそうですよ。孝之助さんがお婿さんに行った先で幸せになれることを何よりも願っていた、って。今も孝之助さんの名を呼ばないのは、そのときの決意が固かった証(あかし)かもしれません」

「おいっ、お峰」

五助が余計なことを言うな、というように睨(にら)んだ。

「私を自慢していただって？　そんな出鱈目(でたらめ)なことを言ったのは、お綾だな。お綾には悪いが、母さんがそう言っていたとしたら、そんなの嫁いびりのための話の種さ。母さんの関心は、いつだって善次郎のことばかりだよ」

孝之助が冷笑した。

「ところで五助さん、この家はあと幾日くらいかかりそうかね？」

孝之助は話を切り上げようとするように訊(き)いた。

「家だけなら明日には出来上がるさ。だけどそこで終わりってわけにはいかねえ。婆さんの長屋は、俺だけじゃあ完成しねえんだ。こいつが必要さ」

五助が峰を振り返った。

「えっ、私が手を加えてもいいのかい？」

峰が目を瞠(みは)った。

「最初からそのつもりだろう。そうでもなけりゃ、どうして日がな一日そこに居座って見張っていやがる。どうせ俺の仕事に後から何かくっつけるつもりだったろう？」

五助が苦笑いを浮かべた。

「お峰さん、あんたはどんな仕事をしてくれるんだい？　私からしたら、この家は五助さんの力で、もうじゅうぶん完成するように見えるけれどねえ」

孝之助が怪訝そうな顔で峰を窺った。

「いや、このままじゃ駄目なんだ。理由はこいつが知っている」

五助がきっぱりと首を横に振った。

峰は五助とまともに目と目を合わせた。

男とまっすぐに見つめ合うのは初めてだ。ぐっと身体が強張る。

身構えた峰と比べて、五助の目は拍子抜けするくらい平静だった。

と、胸の奥からふつふつと喜びが湧いてきた。

五助が峰を見る目は、女を見るそれではない。仲間の目だ。朋輩の目だ。友の目だ。

己の仕事の続きを峰にすべて委ねると決めた、信用の目だ。

五助が早くしろ、というように顎をしゃくった。

「お任せください。必ずこの家を、おツルさんが安らげる部屋に仕上げてみせます」

一息に声が出た。五助をちらりと見返す。

五助はそれでいいんだ、とでも言いたげに、ふんっと鼻を鳴らした。

「私に考えがあるんです。孝之助さん、ひとつ、お話を聞かせていただけますか？」

峰は迷いを捨てて、孝之助に訊いた。

10

春の訪れを感じさせる、暖かい日だった。

福砂堂の庭の白い梅の花が五分咲きになっている。

庭の隅、離れの裏に隠れるように、馬小屋ほどの大きさのツルのための家が建っていた。

「さあ、母さん、家に戻ってきたよ」

孝之助が少々頼りない口調で、戸を開けた。

「なんだい、こりゃ。不恰好な家だねえ。見たこともない。こんなところ、私の家なんかじゃないよ」

嫌々という様子で中をちらりと覗いたツルの動きが、ぴたりと止まった。

「ほら、母さん。見てごらんよ。どこからどう見ても、私と母さんと善次郎、三人で暮らしたこの家だよ」

孝之助は部屋の中を見回した。

ツルはぽかんと口を開いて、部屋中に目を巡らせた。

ぐぐっと唸(うな)る。

幾度も首を捻(ひね)りながら、前へ進む。

慣れた様子で草履を脱いで、框を上がる。皺(しわ)だらけの掌(てのひら)で、框の板張りを幾度も撫(な)でる。

ツルが懐かしそうに目を細めた。

古ぼけて傾いだ卓袱台(ちゃぶだい)、ところどころ破れて紙で繕った屏風(びょうぶ)。

どれも孝之助に頼んで、朧(おぼろ)げな記憶の中に残っていたものを古道具屋で探し出してもらった。

ツルは躓(つまず)く様子もなく、調度品を避けてなめらかな足取りで部屋の中を一周した。

奥にある細い柱の前で立ち止まる。柱をそっと撫でた。

しばらくそのまま立ち竦(すく)んでから、ツルは小さく笑った。

「まったく汚い家だよ。雨風凌(しの)ぐのがやっとの襤褸(ぼろ)長屋さ」

「母さん!」「やった!」

孝之助が笑顔で峰を振り返った。

「うまく行ったな。見事なもんだ」

　五助が峰に耳打ちした。

「五助さんの寸法がきっちりだったおかげさ」

　峰は懐のところで拳を小さく握った。

　五助が作り上げた長屋の部屋の木材すべてに、炭火を使って黒ずんで見えるような焼きを入れた。

　壁には水を沁み込ませて歪ませて、煤で色を付ける。

　天井の梁には蜘蛛の巣代わりの綿埃をたっぷり貼り付けた。

　戸口の取手や上がり框の縁など、人の手が触れやすいところは手垢を模してひときわ汚し、部屋の隅には逆に白っぽい染粉を塗った。

　せっかく作った家を、わざと歪ませたり汚したりして古ぼけて見せてしまうなんて。

　文句ひとつ言わずに任せてくれた五助の想いが嬉しかった。

「よかった、よかったよ。これからここで落ち着いて暮らしておくれよ。私はすぐそこに住んでいる。これからいくらでも会いに来るからね。そうしたら、少しは私のことも思い出しておくれよ」

　孝之助が身を乗り出した。

「いや、私のことは放っておいてくれ。あんたは福砂堂のお婿さんさ。私が出しゃばっちゃ、あちらの家の人に申し訳ないだろう」

「母さん、私のことがわかるのかい？」

孝之助が跳び上がった。

「己の腹を痛めて産んだ子を、忘れるはずがあるかい。十になるまで、私が女手ひとつで育て上げてやった恩を忘れたかい？」

ツルが、むっとした顔をした。もう一度柱を撫でる。

「孝之助に善次郎、二人とも私の大事な息子だよ」

ツルは柱に触れながら、大きく幾度も頷いた。

「お峰さん、もしかしてこれは……」

孝之助が息を呑んだ。ツルの指先に重ねるように柱を撫でた。

「子供の背丈を測った柱の傷です。小さい頃の孝之助さんと善次郎さんの体格を聞いて、お花の友達で似たような背恰好の男の子の家で、測らせてもらいました」

峰は頷いた。

「やあ、ほんとうだ。きちんと兄弟の分がある。お峰さん、この小さいほうが私なんだよ。善次郎は昔から身体の大きい子だったからねえ。弟のくせに、七つのときには私の背を追い抜いてしまったんだよ。私はなんだか決まりが悪かったものさ」

孝之助は、はっとした顔をした。

「善次郎……」

ツルの瞳が再び曇った。

「そうだ、善次郎はどこだい？　善次郎はどこに行っちまったんだい？」

孝之助はしまった、という顔で額に手を当てた。

ツルの顔つきがどんどん険しく変わっていく。

「善次郎、どこだい？　母ちゃんが帰ってきたよ？　どこに行っちまったんだい？」

そのとき、家の外で「失礼しますよ」と女の声が聞こえた。

「お八重だ。何だろう？」

孝之助が戸口まで迎えに出た。

「お義母さん、お客さまです。長屋の入口で道がわからなくて迷っていらしたので、ご案内しましたよ」

「母さんにお客だって？」

「ええ、そのとおりです。この長屋に、お義母さんを訪ねていらした方ですよ」

八重が孝之助をまっすぐ見つめて頷いた。

「門作！　あんたここで何をしているんだい？　寝ていなくちゃ駄目じゃないか！

お綾ちゃんにお花まで！」

峰は目を剝いた。

焼け焦げだらけの着物を着た門作が、背筋を伸ばして大股で現れた。

鍛え上げた職人を思わせる堂々たる足取りだが、ごっこ遊びの子供のように大仰にも見える。

門作は幾度か身の置き所を探してから、土間の暗がりに立ち止まった。

「ちょっと、門作、お待ちよ。気でも狂ったかい？」

「お姉さん、人違いだよ。俺は門作なんて名じゃねえさ。鋳物師の……」

門作が慌てた様子で綾を振り返った。

「伝兵衛よ。お義父さんの名は伝兵衛」

綾が小声で囁いた。

「伝兵衛だって？」

ツルが振り返った。

「そ、そうだ。伝兵衛さ。おツル、待たせたな。手前の亭主の顔を忘れちまったか」

門作は咳払いをした。

「門作、何を始めるつもりなんだい？」

「お峰、黙ってろ」

五助が低い声で唸った。

「あんたが私の亭主だって？　馬鹿を言わないでおくれよ。私の亭主はずっと昔に死んだんだよ」

ツルの声が震えた。

「お前こそ馬鹿を言うんじゃねえ。俺は死んでなんかいねえさ。お前は俺のホトケ顔を拝んだことがあるとでも言うのか？」

門作が一息に言った。

「だって、あんたは火事で……」

ツルが口元を掌（てのひら）で押さえた。

「確かに、火に巻かれて川に飛び込んだところで気を失ったさ。それでここ数日、水底の親切な河童（かっぱ）の家で、火傷（やけど）の介抱をしてもらっていたんだ」

門作は己の縮れた頭を指さし、着物の裾（すそ）を捲（まく）って火傷だらけの脛（すね）を見せつけた。

「河童の家だって」

花がくすっと笑った。

「……ほんとうに、あんたなのかい？　ちゃんと顔を見せておくれよ」

ツルが半信半疑という様子で、一歩前に出た。

綾があっと声を上げて、門作を窺(うかが)う。

「俺に近づくんじゃねえさ。湿っぽいことは、何より嫌いだ」

門作が掌を見せてきっぱりと押し止(とど)めた。

ツルははっと立ち止まる。

「おツル、お前に大事な話があるんだ。俺たちの大事な次男坊、善次郎の話さ」

門作は咳(せき)を堪(こら)えるような嗄(しわが)れた声で言った。

「えっ？　今の母さんには、善次郎のことは……」

孝之助が不安げな顔で皆に目を巡らせた。

「あの子がどうしたんだい？　さっきから、姿が見えなくて気になっているんだよ」

善次郎と聞いて、ツルが別人のように若々しい声を出した。

門作が大きく息を吸い込んだ。

「善次郎は、俺が預かることにした。俺と一緒に諸国を旅して人さまの役に立つ立派な男に育て上げて、いつかは河童の国の大名にするんだ」

「善次郎が、大名だって？」

ツルが仰天した声を出した。

「そうさ。河童の国ってのはいいもんだぜ。怪我も病気もどこにもねえ。みんな気のいい奴でにこにこ笑ってらあ。せせこましいこっちの暮らしよりも、ずっと気が楽だ。気の優しい善次郎にはぴったりさ」

門作が笑った。

「それじゃ、あんたまで、どっかに行っちまうっていうのかい？」

ツルが気弱な声を出した。

「そうだ。それが決まりなんだよ」

「……寂しいねえ。私はひとりぼっちさ」

門作がぶるりと顔を横に振った。

「うるせえ、泣き言はよせ。俺が今まで、たった一度だって、おツルに悪いようにしたことがあるか？」

部屋の中にしばらく沈黙が訪れた。

「あんたのことは信じているさ。いつだって、私と子供たちのことを一番に考えてくれたよ。でも寂しいねえ。旅に出る前にもう一度だけ、善次郎に会わせてはもらえないのかい？」

ツルが喰い下がった。

「あいつはもうとっくに己の足で旅に出ちまったよ。俺は、ちょいと寄り道しただけさ」

門作はにやりと笑った。

「善次郎が、かい？　あの子があんなに小さな足で、ひとりで旅に出たって言うのかい？」

「善次郎はちっとも小さくなんかねえさ。あいつは大きな背丈をして女房も子もいる、れっきとした一人前の男だよ」

「そうかい、善次郎が一人前にねえ……」

ツルの目に涙が溜まった。

「母さん、私がいるよ。孝之助がずっと母さんの側にいるよ。私たちで一緒に、父さんと善次郎の旅路を応援してやろうじゃないか」

孝之助がツルに取りすがった。

「私にも、少しは親孝行をさせてくださいな。こちらの長屋にお邪魔して、お菓子を食べたりしながら、孝之助さんの小さい頃のお話を聞かせてくださいよ」

八重もツルの横に膝をついた。

門作は黙ってその姿を見つめてから、「達者でいろよ」と、外に飛び出した。

「あの人は勝手なんだよ。娘の頃から待ちぼうけさせられてばっかりだ」

ツルが苦笑いで息を吐いた。

と、外でどさっと何かが倒れる大きな音が聞こえた。

「わっ、お兄ちゃん！　だいじょうぶ？」

花の叫び声。

「門坊、門坊？　たいへん！　すごい熱だわ。だから無理しちゃいけないって言ったじゃないの。誰か来てちょうだい！」

綾が門作を叱り付ける声が響き渡った。

11

峰が枕元に近寄ると、門作の胸元からぜえぜえと濁った息の音が聞こえた。

「姉上、わたくしの嘘八百は、少しはおツルさんの、そしてご家族の皆さんの役に立ちましたでしょうか？」

門作が喉から絞り出すような声を出した。

「あんな穏やかな顔をしているおツルさんを見たのは初めてさ。あんたの作り話のお陰だね」

峰は静かに答えた。

「姉上の大事な仕事の場で勝手なことをしたので、こっぴどく叱られるかと思いました」

「うまく行ったから褒めてやっているのさ。失敗したら張り倒していたよ。何が河童の家だい。河童の大名だい」

峰は肩を揺らして笑った。

「妖怪(ようかい)の婆さま、河童の国って聞いてとっても喜んでいたね。きっと、お花のおじいちゃんとお父ちゃんのことが心配だったのね。お花も二人が河童の国へ行ったと聞いて嬉(うれ)しいなあ。死んじゃったって話よりも、よっぽど嬉しいなあ」

花が大人びた口調で言った。

「お花？　あんた……」

綾は怪訝(けげん)そうな顔で花をじっと見つめた。

「なあに？　お母ちゃん。お花は変なこと言ったの？」

花はきょとんとした顔をする。

「ううん。何も変なことは言っていないわ。こっちへいらっしゃい。お母ちゃんがいっぱい抱っこしてあげる」

「わーい！　お母ちゃんが優しいと嬉しいなあ。いつもこんなだったらいいのになあ」

花は綾の胸に頬を寄せて甘えた。

「門作、私の負けだよ。あんたの嘘は人の役に立った。あんたが本気で漢詩の道を行くっていうなら、それを応援するさ。おそらく叔父(おじ)上は簡単には折れちゃくれないだろうけれど、きっと、河童の国にいる父上と母上は、あんたの想いをわかってくれるさ」

峰は両膝(りょうひざ)の上に拳(こぶし)を置いた。

「いいえ。わたくしは、柏木の屋敷に戻ります」

門作は咳(せ)き込んだ。

「何だって？　屋敷に戻るってのは、あの恐ろしい叔父上の下で、普請の仕事の修業に戻るってことだよ？」

「じゅうぶん承知しております」

門作は咳(せき)で身体を二つに折りながら、幾度も頷(うなず)いた。

「漢詩はどうするんだい？　ここできっぱり諦(あきら)めることなんてできるのかい？」

「諦めませんとも」

門作は涙の滲(にじ)んだ目で笑った。

「わたくしは、漢詩のために普請の修業をいたします」

「……えっと、どういう意味？　門坊ってのは、相変わらず面倒臭い言い回しをするのね」

綾が峰と顔を見合わせて首を捻った。

「わたくしの漢詩への想いは、この命がある限り決して消えることはございません。ですが嘘っぱちは、ほんとうの人の情を知らなくては作り出せません。より良い漢詩を書くことができるよう、より多くの方の心に響くものを作ることができるよう、わたくしは姉上のように己の生まれ持った役目である普請の仕事に精を出し、家の者の、そして世の人の役に立ちたく思います」

門作が己の胸元に掌を当てた。

「姉上、これがわたくしの答えでございます。姉上とは仕事への心意気が違うことは重々承知の上。どうかわたくしの普請への道を、応援していただけないでしょうか」

門作が峰をまっすぐに見上げた。

峰は口を開きかけて、また閉じた。

煙に巻かれたような気がする。普請の道、それも柏木の家を背負って立つということは門作が思っているような甘いものではない、と口を酸っぱくして言い聞かせてやりたい。

いかにも門作らしい、理屈を捏(こ)ねまわしたような心意気は気に喰わない。

峰にとっての仕事とは、もっと、全身全霊で打ち込むことだ。

頭を働かせ、身体を動かしながら、己の生まれてきた意味をふつふつと噛(か)み締(し)めるようなものだ。

小難しい理屈など入り込む隙のないものだ。

だが――。

「もちろんさ。応援するに決まっているだろう。あんただったら、きっとやっていけるさ」

峰は答えた。

「姉上……」

門作が眩(まぶ)しそうな目をした。

「門坊は柏木の家でやっていく、って心が決まったってことでいいのね？」

綾が峰と門作を交互に見た。

「はい、そのとおりでございます」

門作が囁(ささや)くような嗄(しわが)れ声で答えた。

「わあ、よかったわ！　肩の荷が下りた心持ちよ！　そうと決まったら、門坊、あんた一刻も早く身体を治しなさい。早く元気にならなけりゃ、お義兄さんからもらった羊羹、私とお花で食べちまうわよ」

綾が手を叩いて喜んだ。

「お母ちゃん、羊羹あるの？」

花が真面目な目をした。

「そうよ、門坊の快気祝いに食べよう、って大事にとってあるわ」

「お花が味見してあげるわよ？　不味い羊羹だったら、お兄ちゃんががっかりするわよ」

花がいかにも賢そうな顔をする。

「まあ、福砂堂さんからのいただきものよ。味見なんて必要ないわ。お花ってのは、ほんとうに喰いしん坊なんだから」

綾がぷっと噴き出して、花の頬に顔を寄せた。

12

冬に逆戻りしたような寒い朝だ。

だが陽の光だけはどこまでも暖かい。

道の桜の木のつぼみが赤く色づいている。枝先のいくつかの花だけが、白い花弁を開きかけている。

「それでは皆さま、たいへんお世話になりました」

端座した門作が、深々と頭を下げた。

「火傷の痕には、朝晩二回、きちんと油を塗っておくんだよ。手入れを怠けたら痕が残っちまうからね。それにどんなに気が乗らなくても、朝飯だけは抜いちゃいけないよ。職人ってのは、朝が何より肝心だからね」

芳が門作の背を撫でる。

「逃げ出したくなったら、いつでもうちに戻っていらっしゃいよ。一度まではお峰ちゃんには内緒にしていてあげるわ。押し入れで匿ってあげる」

綾が涙の溜まった目をした。

「いや、三度までは許してやらあ。四度目はねえけれどな」

与吉がにやっと笑った。

「皆さまのお心遣い、たいへん心強うございます。おそらく三度きっちりと戻って参ります」

門作がすっきりした顔で微笑んだ。

「門作、これを持っていきな」

峰は懐から布袋を取り出した。

「姉上からの贈り物でございますか。いったい何でしょう？　ずっしりと重うございますね」

門作は不思議そうな顔をした。

布袋の中から取り出したのは古ぼけた鑿だ。

「姉上、こんなに大切なものを！」

門作が息を呑んだ。

「ただの鑿だよ。それも、さんざん使い古しのね」

「職人にとって、己の掌に馴染ませた道具は、何ものにも代え難い価値のあるものでございます。姉上の道具をわたくしがいただくわけには参りません。この鑿は姉上の手の中にあるべきものでございます」

「元は、父上のものだよ。父上が毎日手入れをして刃を研いで、己の掌に馴染ませて使っていたものを私がもらったんだ」

峰は笑った。

「それは、父上の形見なんだ。心を込めて大事に使いたいと思ったけれどね、生憎、私は女だよ。掌だけは、どれほど奮闘しても父上みたいに大きくなりゃしない」

峰は己の掌を目いっぱい開いてみせた。

「いくら大事な道具だっていっても、使われなくちゃ意味がないさ。あんたが使いな。私の掌には、一回り小ぶりな鑿が一番合っているさ」

「姉上……」

門作が鑿の刃先に目を凝らした。

「毎日必ず手入れをいたします。心を込めて、大事に使います」

頷いた門作の懐から、ひらりと何かが落ちた。

焼け焦げだらけの緋色の布きれだ。

「あっ」

門作は緋色の布きれを摘まみ上げた。しばらくじっと見つめる。横顔に寂し気な影が宿った。

掌にぎゅっと力を込めかけて、迷うように動きを止めた。

「持っときなよ。あんたの大切なものだろう」

峰は声を掛けた。

「そうだ、門坊。いい思い出さ。大事に大事に、とっときな。懐に含み事がない人生なんてのは、かえって危なっかしいもんさ」

与吉が力強く言った。

「……せっかくの門出のときだというのに、わたくしはどこまでも弱(よお)うございます」

門作が泣き笑いのような顔をした。

「〝お富さん〟には、何がなんでも幸せになってもらわなきゃ困るわね。夫婦喧嘩(ふうふげんか)でもして、またお江戸に戻って来られたら迷惑千万よ。せいぜいこの私が門坊の分も、あの女(ひと)の幸せを祈っておくわよ」

綾が両手を合わせて、ぺろりと舌を出した。

「お兄ちゃん、また遊ぼうね」

綾の後ろに隠れていた花が、おずおずと言った。

「ああ、もちろんさ。今度は何をして遊ぼうかね」

門作が、花と目の高さを合わせてしゃがみ込む。

「笹舟を作って、本を読んで、河童(かっぱ)ごっこをして、それからそれから……」

「嫌だわ。そんなに泣かれたら、私がいつも何も遊んでやってないみたいじゃない。これからお母ちゃんがいっぱい付き合ってあげるわよ」

綾が己の袖で花の涙を拭いた。

「それでは、失礼いたします。皆さま、お達者で」

門作が立ち上がった。

背筋を伸ばして戸を開く。

ツルの前で伝兵衛の真似をしてみせた門作の背中を思い出す。息子と共に新たな地へ旅立つ伝兵衛の覚悟が、あのとき確かに、門作の身体に宿っていたのだと思う。

なあ門作、嘘っていうのもなかなかいいもんだね。

峰は心の中だけでそう呟いた。

外の光が差し込んだ。

冷たい風の中に、花の香りがわずかに漂っていた。

解説

田口幹人（書店人）

近年、「推し」や「推し活」という言葉を耳にすることが増えたのではないだろうか。皆さんにも、繰り返される代わり映えのしない毎日に、ほんの少しの幸せをもたらしてくれる存在がいるのではないだろうか。疲れた日に元気をもらったり、コンサートやイベントがあれば会いに行ったり、グッズを集めたり。

推しの対象となるのは、アイドルや俳優や歌手、または二次元のキャラクターなど、じつに様々である。本で考えた場合、その著者の新作の発売日に書店に足を運び購入したり、既刊を繰り返し読んだりということが「推し活」なのではないだろうか。いわゆる推し作家というのだろうか。本に限らずではあるのだが、「推し」がいる生活は、日常がより楽しく豊かになるものだ、と僕は考えている。

かつて書店に勤めていた際、特定の作家の作品はすべて購入し読んでいるというお客様が非常に多かった。小さな店だったこともあり、店頭でお客様と立ち話をする機会が度々あり、それぞれのお客様がなぜ「この人を推す」と決めるのかをうかがっていた。物語の構成やキャラクター造形、様々な事象に対する考え方や視点の置き方などと、それぞれの読者の嗜好が重なるとき、「この人を推す」と決める人が多いようだ。

現代は、映像やネット動画、そしてゲーム等視覚的な娯楽が隆盛を極めているが、僕は、やはり小説を読むことがもっとも好きである。活字を通してしか得られない情報は想像力を高めてくれ、自分ではない誰かの思考や感情に触れることができ、さらに知らない世界に出合わせてくれる。人間の内面や心が動く様を、景色や仕草など外面を描くことで表現する小説は、場をどこまで丁寧に描くかによって深みが違ってくるという魅力があり、それが楽しくて小説を読んでいる。

前説が長くなってしまったが、何を隠そう泉ゆたかさんは僕の推しの一人である。書評家ではないので、様々な過去の作品との対比した解説を添えることはできないが、氏を推すと決めた瞬間、いわゆる沼に落ちた瞬間について書かせていただくことで解説に代えさせていただきたい。

氏は、『お師匠さま、整いました！』（講談社）で第十一回小説現代長編新人賞を受賞してデビューし、二作目で『髪結百花』（KADOKAWA）という名作を世に送り出し、第一回日本歴史時代作家協会賞新人賞と第二回細谷正充賞をW受賞した。その後も、「お江戸けもの医　毛玉堂」シリーズ（講談社）、「眠り医者ぐっすり庵」シリーズ（実業之日本社）、「お江戸縁切り帖」シリーズ（集英社）と、文庫書き下ろしシリーズを出版している、時代小説界期待の書き手である。さらに、本書単行本版の発売直前には、初めての現代ものの連作短編集『おっぱい先生』（光文社）を出版するなど、精力的に執筆活動を続けている。

『お師匠さま、整いました！』では、夫の死により寺子屋の師匠を引き受けた若き女師匠と、寺子屋一の秀才の女児、そして大人になりもう一度学び直しがしたいという女性三人を中心に、「学び」とは何かを描いた爽やかな作品だった。生意気な秀才・鈴と真面目な天才・春の間に挟まれる、師匠といえども未熟な桃の成長の物語となっている。

『髪結百花』は、夫を遊女に寝取られた過去を背負い、母の後を継いだ新米髪結いの梅の成長を、吉原の遊女の生き様と母と娘の複雑な関係性を情感深く描くことで、濃密な人間関係が織り交ざった物語にまとめ上げた。嘆くのではなく、置かれた場所で咲こうとする意志と、今を精一杯生きている力強さを感じる物語だった。未読の方には、ぜひお読みいただきたい名作である。

『おっぱい先生』は、おっぱいにまつわる出産や育児の悩みを抱える女性が駆け込む専門外来「母乳外来」の助産院を舞台に、出産後の心と体の変化に寄り添う助産師を描いた物語だ。自分の体でありながら、思うようにいかないおっぱいには、母親になることへの苦悩や、子どもへの愛情、そして喜びが詰まっていた。深みのある素晴らしい作品だったこともあり、このまま時代小説から離れてしまうのではないか、という不安を抱えていたのだが、その後も出合茶屋、今でいうところのラブホテルを舞台にした一風変わった場所で働く人たちの物語『れんげ出合茶屋』（双葉社）など、時代小説を出版、その心配はないようだ。

時代やテーマは違えど、ここまで氏は働く人を描き続けてきた。それは、特別な知られざる職業を題材にするというスタンスではなく、「働くことの意味」さらには「生きること」と向き合うことを作家としてのベースに据えているからなのではないか、と僕は考えている。そんな氏の想いをしっかりと感じることができる作品が、本書『おんな大工お峰　お江戸普請繁盛記』（単行本改題）である。

幼いころから父親の背に隠れながら作事現場に出入りして大工仕事を覚えた、江戸城小普請方の柏木家の娘である十八歳の峰と、三つ下の弟で柏木家の跡取りである門作の、二人の姉弟を中心とした江戸の大工の姿を描いている。

書物ばかり読んでいて仕事に身が入らない門作とは違い、大工仕事に打ち込みたい峰は、叔父が見合い話を持ち掛けてきたのをきっかけに家を出て、乳母・芳の夫で、神田横大工町で普請仕事の請負や人足の手配を行う与吉の家に身を寄せ、おんな大工として自分の腕一本で生きていく道を選ぶ。氏は、大工や職人という男社会の中でおんな大工として歩み出した峰を決して特別な存在として描いてはいない。ここはこれまでの氏の作品と同じスタンスである。女性だからという視点ではなく、峰という人間だからこそ成せる仕事がある。

　男社会の大工の世界で、様々な現場で巻き起こる出来事を通じ、技術だけではなく大工としての心を学んでゆく峰とは対照的に、門作は自分の進むべき道に悩み、迷走し続ける日々を過ごしていた。そんな中、書物を読むことで己の心の内とだけ向き合うことをしてきた門作は、ある出来事を通じ、人のために生きることの大切さを知り、考えを変えてゆくのだった。

　中でも、実の父親から、わんぱく過ぎる息子・亀太郎を閉じ込めるための牢の普請を依頼される第三章「親子亀」が強烈に心に残っている。物心ついた頃から、皆と同じように振る舞い、同じものを目指して生きられないことに苦しむ門作と、自分の感情を抑えることができず、自分を傷つけ命を危険にさらすだけではなく、周囲を巻き込んでしまっていることで苦しみを抱える亀太郎に、大工として峰が示した行動に胸を打たれた。作中、一筋の光をずっと眺めながら生きるのは、真っ暗闇にいるよりずっと酷な時がある。という一文がある。

まさに、第三章「親子亀」のこの一文に辿り着いた時が、氏を推すと決めた瞬間であり、いわゆる沼に落ちた瞬間だった。

江戸の町の片隅で行われた普請を通じ、働くことの意味を感じることができる物語だった。この先、峰や門作が大工として、人間として、どのように成長していくのか見届けたい。最後にシリーズ化されることを懇願して解説を終えたい。

本書は、二〇二〇年七月に小社より刊行された単行本『江戸のおんな大工』を改題し文庫化したものです。

おんな大工お峰

お江戸普請繁盛記

泉 ゆたか

令和5年 3月25日 初版発行

発行者●山下直久

発行●株式会社KADOKAWA
〒102-8177 東京都千代田区富士見2-13-3
電話 0570-002-301(ナビダイヤル)

角川文庫 23592

印刷所●株式会社暁印刷
製本所●本間製本株式会社

表紙画●和田三造

●お問い合わせ
https://www.kadokawa.co.jp/（「お問い合わせ」へお進みください）
※内容によっては、お答えできない場合があります。
※サポートは日本国内のみとさせていただきます。
※Japanese text only

ISBN 978-4-04-113099-5 C0193

◇◇◇

角川文庫発刊に際して

角川源義

第二次世界大戦の敗北は、軍事力の敗北であった以上に、私たちの若い文化力の敗退であった。私たちの文化が戦争に対して如何に無力であり、単なるあだ花に過ぎなかったかを、私たちは身を以て体験し痛感した。西洋近代文化の摂取にとって、明治以後八十年の歳月は決して短かすぎたとは言えない。にもかかわらず、近代文化の伝統を確立し、自由な批判と柔軟な良識に富む文化層として自らを形成することに私たちは失敗して来た。そしてこれは、各層への文化の普及滲透を任務とする出版人の責任でもあった。

一九四五年以来、私たちは再び振出しに戻り、第一歩から踏み出すことを余儀なくされた。これは大きな不幸ではあるが、反面、これまでの混沌・未熟・歪曲の中にあった我が国の文化に秩序と確たる基礎を齎らすためには絶好の機会でもある。角川書店は、このような祖国の文化的危機にあたり、微力をも顧みず再建の礎石たるべき抱負と決意とをもって出発したが、ここに創立以来の念願を果すべく角川文庫を発刊する。これまで刊行されたあらゆる全集叢書文庫類の長所と短所とを検討し、古今東西の不朽の典籍を、良心的編集のもとに、廉価に、そして書架にふさわしい美本として、多くのひとびとに提供しようとする。しかし私たちは徒らに百科全書的な知識のジレッタントを作ることを目的とせず、あくまで祖国の文化に秩序と再建への道を示し、この文庫を角川書店の栄ある事業として、今後永久に継続発展せしめ、学芸と教養との殿堂として大成せんことを期したい。多くの読書子の愛情ある忠言と支持とによって、この希望と抱負とを完遂せしめられんことを願う。

一九四九年五月三日